國家圖書館藏清人詩文集稿本叢書

第四輯

三

陳紅彦 主編

北京大學出版社
PEKING UNIVERSITY PRESS

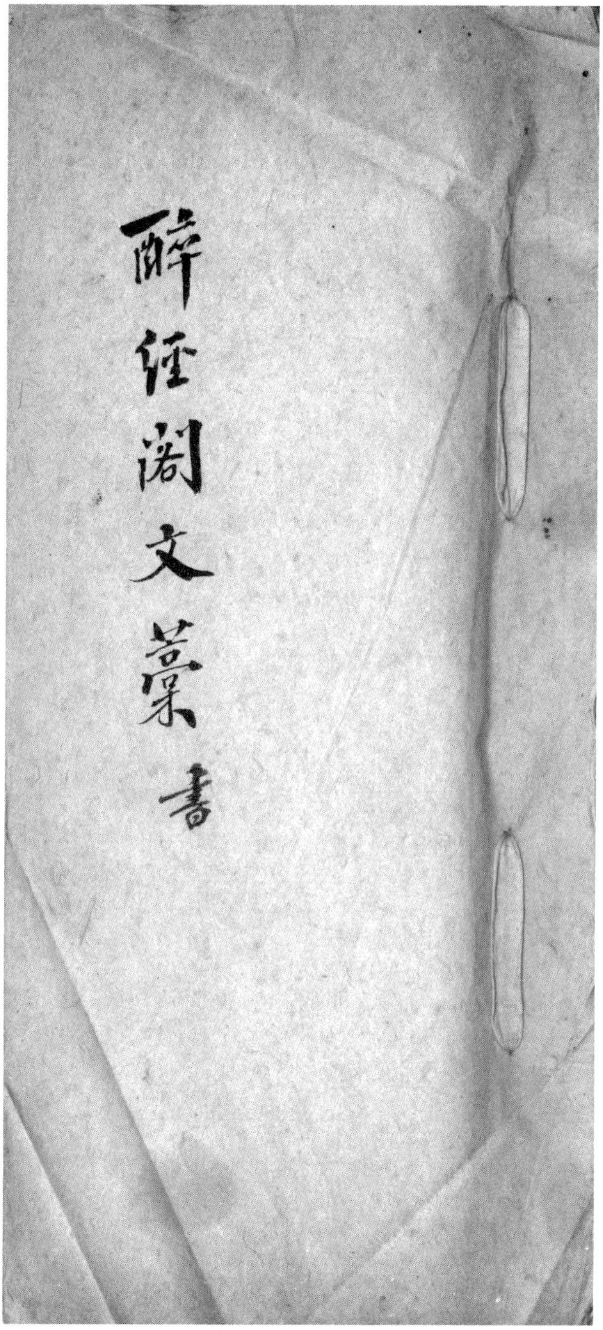
醉經閣文藁
書

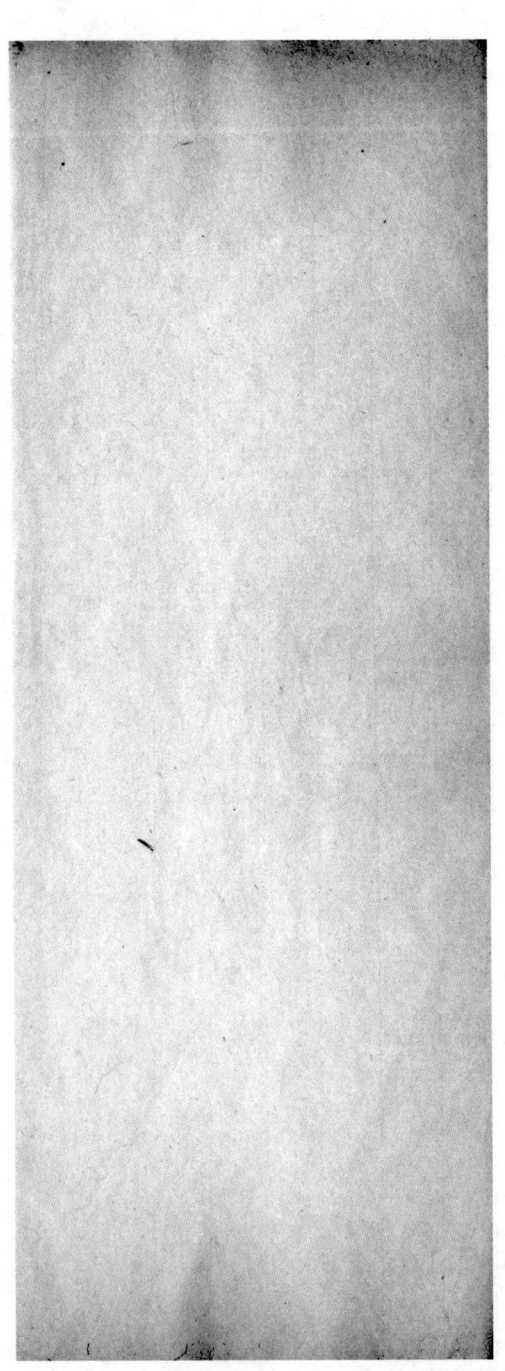

在止於至善

進言至善之所在，知明新之各有所止矣。夫未臻於至善，是明德新民猶未至也，為大学者不又在止於是哉。今夫天下有極至之境，而不踐之而有歉，不盡踐之而仍有虧。性分無量，而充之至具於一己者，踐之而無不盡；由一己而推之當世者，亦一[illegible]而無不盡矣。而後學自我全，敎自我立，而聖功王道兼隆矣。[illegible]如大学之道，既在明德新民矣，然以德之明也，必充乎

字字清出

吾心之量渾然有而發未知則而後明其全德蘊至備而一德
而未偏明其衆德能於陽有遺即於陰有虧不足言聖學
之大成也民之新也必充乎斯民之量乃一無所遺於天下而
後新無遺憾為備新一民而未偏新其衆民是於性未曾
融而於心未慊矣不足謂能至之止境也是可以言善而未為
至善也則未可遽止也而大學之所當止者則更有在古今共
此修為耳以之量造乎至神而止而不謂止於至神者由善

而精之以入於神學之所為以漸達也惟匪勉以相將舉所謂為
知為仁為聖為義為中為和者悉寓於瀰瑕纖之中
而蘊然畢見至清之鏡焉是由已明而睭空來明且睭者睭而
清之至乎不明也而明以獨有來至總生民共此性情耳新

語意清晰

之量際於至化而後而不謂止於至化者由善而積之以至於化道

以至神至化跌
至善語有源
段

之所蘊以為成也惟依游以徐布舉而謂勞之來之匡之直之

二比明新分
發透發至善
二字

輔之翼之者寔潛於漸仁摩義之中而穆然畢見其盛治

二比明新
極以逆叙
在以於三字

活
使無是因陳新而作之，使新即已新而久之益舊矣，不新也，而新
不由此而至，知是必存於擇之精，功利之見足以惑人心也，惟
術由之壞，治術知由之壞，惟力排其衆聒之譊譊而的然自信於心
當於斯，而無讓，不謀其利，明其道，不計其功，而小儒之偏淺鄙陋
盾矣，雖霸之謀營點加進矣，是必在於守之固，是非之說

出比是正比於
是意对比是
而不還意

之足以移人聽也，迷於事，迷者有之，還於未謀者有之，惟獨
持其百端之審識而確乎能其常，斯加無以破天下之非獨

亦得備一人之長而心誠求之則可知所務和義論治而一貫

可使湖面如東西無上於是而不遑此盖善所以示明新舊列號

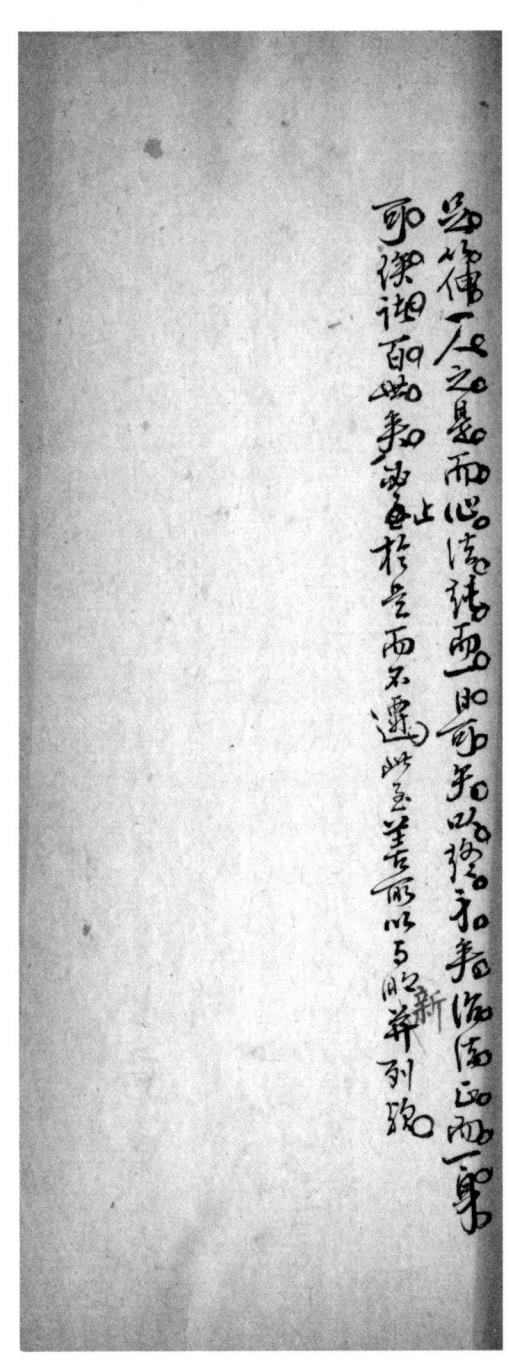

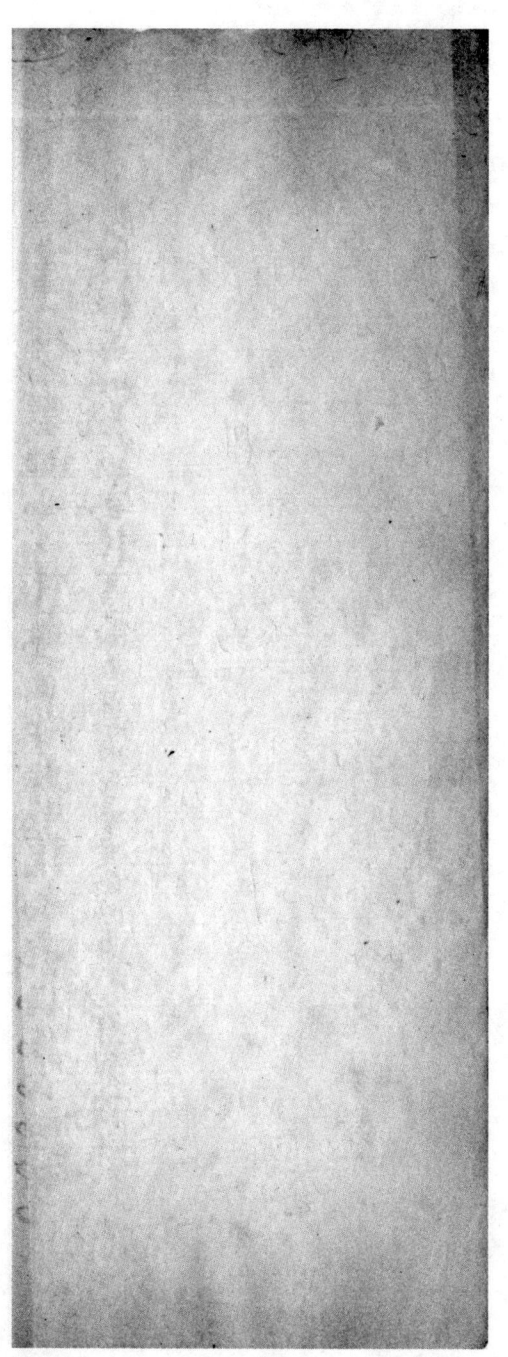

康誥曰克明德

引書以言明德，惟聖者能之也。夫同有是明德而克明之者鮮，康誥以稱文王，曾子所亟引之歟。且嘗聞德輶如毛，民鮮克舉之，昧者何當自甘委靡也。夫豈知頌令聞之不已，覺之勿休，稱厥德之不回，穆有自益善。証今者必有說於古，吾於披覽之餘不禁

一節一句一意

單入康誥下

慨想周王已試於康誥而先諗之。今夫人受天地之中以生，所謂德

段挂頻以法

也。顧人既同受中而為德，則德亦同是理，而無不明而明之者，卒鮮

反跌文字　有力　兩翻洄意　清晰

御哉蓋以其不克也雲而不克者何也一則困於其初拘於氣稟
夫智愚賢不肖一聽其歧之途倘不能困其所偏而致以反之功則
氣稟之拘限其德之不可移也而任情周旋安其所矯揉就中克
化其剛柔之偏也一則困於習染之深蔽於物欲夫知誘物化何
在能吾心之累倘不能隨其所識而嚴其提之之方則物欲之蔽
日甚淪之益深而恣情淪溺安其偷惰蕩滌克全其純白
之初哉而吾因思康誥之言文王覺人所不能者而獨能之也則

有曰堯時德堯則完完生質之美而氣質不偏而物交不閒之武不諫亦入我文王自安其安之體而又勉勉純亦論力緝熙之敬常見堯時也道岸堯堯登自見性天之清帝則堯堯順彌證心醉之淵舉凡肅又指諫之孫中以從容而彌勤懿鑠爾廟雝宮之際瑩然見至清之鏡是安質徐樣而若換手時時之若夷而無累於德矣堯則全其天理之公而物欲不得而蔽亦游觀至深氣息不如我文王自具純懿之衷而不異以失其小心不顯之

之所以詠於大明也。有晧必麗，克應昭回於雲漢；無得而踰，克彰
光顯於照臨。華凡時播歌秉之地，匹夫皆識而信其昭融緝熙
日昇之年。穆然見其顯之神。是知天理流行而有光於明昭之可
作而成之德，其丹書所以敬義明於文王者，其無不明於武王，而
要不敢自逸，克明也。故世治雖不作，求厥德宣之，靡悔而從應
陟降，惟思謙惠我文王，梓材期以樸斲，明於文王者，而自明晦
於康叔，而要惟恐其弗克明也。故未鑒祖乃德者，知先其研求

德於心而家法昭垂尚書祇遹乃文考而德之當昭又不但康
誥云昭也

顧諟天之明命

明有以自傳者也。進諸商書，天德固命於天者也。而明
之非自傳不可，顧諟之言，伊尹之戒太甲，不可全於誠且康
誥言明德，未嘗推德之所自也。言克明之，未嘗言明之所基
也。天德非後具，本於天而賦獨為明，足令物存於心而顧瞻難
忽，蓋存心為體，體而見之，為用是天有知也。以之用遇節知，孚以瞻
知有此知，而知論太甲之篇，於太甲之書，勸嗣王之克終先

德而因革前王之允迪厥德以立言也。厥不言德而言命

者，蓋曰明命則有昭示昧之謂焉。懋昭大德建中於民

先王常以自警焉。夫自然者理之命，一定之者中之性。有覺者

性之明命。是蓋統仁義禮智之心而默以宰之，有不習蔽之

牘而振其號乎。嚮少懈焉，則得焉、遺焉，而命暫昧焉，亦不得焉

全而命也。曰天之明命，則有除之難忽之情焉。上帝降衷焉，民若

恆性，先王嘗以垂訓焉。夫衷第保之於我，於乃得之於心命

兩義分該亦切合

則賦之於天也是蓋合元亨利貞之道而全而付之者不嘗操守
據而擅之柄者少慢焉不免褻者少驕焉不免棄矣也是小
敬而謹之不如謹之之言此也有一定而不移之心是之真者守之固
而實實承切切者不至見業而思還謹之之言審也者信而無特
之勢執之固者擇之精而目擊道存不至皇惑搖時說凡
人乎居常而見則茫然而莫之知者後見而來見其無倫現之知
天之明命固受人而古然於至人置之者至人獨不敢置之亦第

謹之而常若未見，且決已見而復恐其或離也。故見於羹，見於牆，而一似有忽之而不見者。初何嘗見乘見哉。凡人於素所易得，則泰然而莫之珍；及得所難，以無價寶之矣。天之明命，為何人而不有，乃聖人念之者聖人，獨不敢忘，以茲第求之惟恐不得，即決已得而或尚慮其或失也。故得之於目，如以得之於心，而一似有守之而不敢忽者。又何嘗得而未得哉。無形者道之體，常慮其甚而靡從曰顧諟，則無形而見於有形矣。明

而出王。旦而游衍。天之成憲明命者。尚其瞬息而養存無象

者。道之用。常憲者冥而難測。曰極說。則無象而呈諸有。

象。矣。莫見乎隱。莫顯乎微。天之著憲明命者。猶在言教而

勸勉試進淺說請希典。

大致楚上

沈念農師

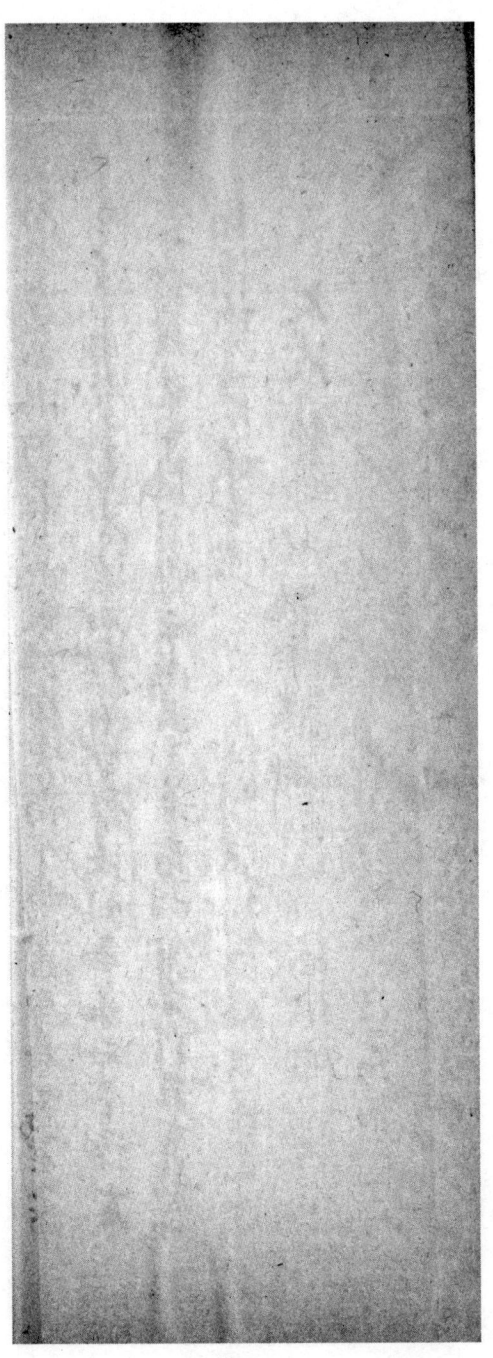

康誥曰作新民

因民之新而作之書言有可證矣夫民非吾自新之意也然吾以作之則不可康誥之言不可爲新民證乎嘗思烝者稟秉彝厥地肥饒誠所謂沃土之民不材也厥誘于物欲豈遂習于性成而不可以變易哉其處身也自逸則其處心也各自滋慆庶以鼓其奮興之氣而迎其向善之機應聲哉舊染污俗咸與惟新也已若湯之盤銘其自新也則然之其可嘗自

按切衛民。見
議惟當

新而已哉。自新則一身之儀型之為也。後之表準。湯之
誥萬邦者。曷已哉。亟之恤淪胥暴而息。更獲自新則
皇躬之被澤已徹。黎獻之觀摩。湯之敷萬民者又已概
一時之論。屬慕御而歸。而久懷。然則湯以常不新吾民哉
而要所云作之新者。則尤於康誥之徵焉。勸之民。和睦浹至。
而涵和。涵泳和悅者。彼泄靡之民也。遂振發而頹敗廢惰
惡而離散。振奮勿於為善者。惟上之人聯其未離而通之使

明敎化導爲方存待交掃除更張者尤必觀之民心尚寬
至而漸以仁摩之義裁之降郡之民也時服而後教懲謀吉
康而固迪不變寬甘於不肖者惟上之人固宜已疏而嚴宜策勵
該義字至極有情者知濫殺鄰邦者深思其是者所謂執也
作字祇論
猶例有草野影響新而不忍以罰且貽者窺測混而之風而
重不能
其以康文流腥濁之舊而進以藝香豈民之和善是理而難
停於清時
迎協而增益之端誠以命於天者甚得日之理即宜深有所

作字疊

明機第民之自新，莫由耳而所賴於作為者。勞之來之匡之
直之輔之翼之，而率作興事，熙熙然見用休用，識之化為紀。
則有當屬風行而不敢以需思儆者矣，引以養恬之福，而
物愛者心感動，生孝養之思，而流膝者有慶，豈民之和甚
是情，而國家強識教令之範，誠以本乎性者，有固然之情。
即德甚名嗣之於第民之自新，莫必乎而所觀乎作為者。
果義隱行父慈子孝，兄愛弟敬，而熙熙有功熙然見親

竊爲竊竊之不神爲武之新民者此則民德已新而自新之致善

矣試進而證諸詩

詞氣鬆利 最易進功

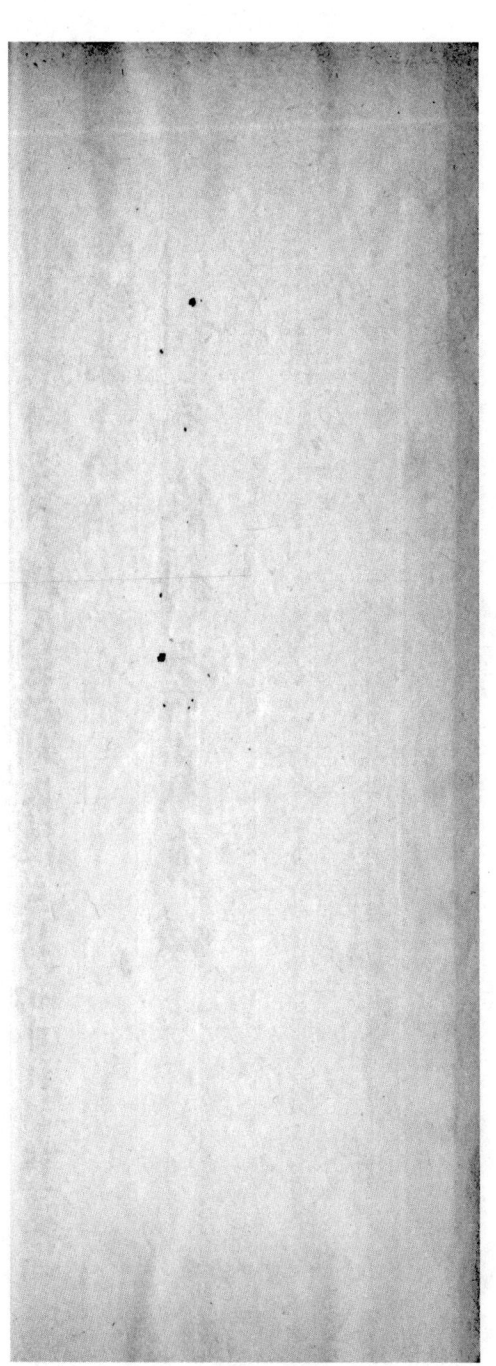

可以人而不如鳥乎

一氣一股俱妥

即人與鳥以相形，聖人之警人深矣。夫人與鳥豈得並論，然借鳥之處止以相形，則人反不如矣，可不謂深警哉。且天生萬物，人爲最靈，物固屬靈於人也。乃物不靈於人，而人之昧而實若不覺者，甘以聰明指之稱讓諸物焉乎。人果不靈於物哉，奈何不自警者也。茲詩詠黃鳥以爲之處止也，吾因有念於人焉，自三才並列，人居中焉，氣秀神清，實可參天地，要不同頑

較於清楚

對句絕佳收句尤有思路

春蟲蠢也而何必借觀於蟲因思萬物散殊各居一蠢
鼓翅舊翼雖各具有蟲鳴究不能渾全無缺也必窠地
上撫示人各爲蟲豈得於人哉不惟於人而已豈亦與人同類
而并觀哉乃今之人異是氣爭名者於朝爭利者於市且
日嘗險阻而帶蟲求寬閒避矰弋之危而獲不死也鳥
托高參自鏡生遊人趨險境纔少見機便自蠢也番溺嘆
人之蟲蠢夠有得則欣然有失則戚然且日役身心而勿此

求之以淡泊棲山林之樂而曾不能也居第華屢為自衒一循
安宅不居人為擾擾役役為也此好傲人以得此氣甚矣人人亦不好為
也雖然吾且思之以之賢而言則人智而為愚矣智而愚者之
相去不翅明氣隱灑內流其良心之德則以智而偏愚方
懼憧聰慧明敏鋼國儀於庶類設智而為愚和愚之覺
已爲之系奈何日就昏庸翔不能知為此知機之哲是人之愚
不知為智也息乎能之以分而言則人貴而為賤矣貴而賤

之相距天遠甚矣。性分中既全天爵之尊，則以貴而該賤
方懼養小失大，畢滋戚等於芸生。快貴而為賤，私欲之榮
已愧兼棄，徇口體而貽譏，莫不能為第挽之之高。是人之賤不
為貴也，即貴而兼之，帝賚流重之資，人既甘於自棄，物
況聰明且為高，偏類以相指，而一自行五常之稱，寧當不必
爭。能快使地相形，還望人，自思而自愧，可以人而不為寧甘不
安乎？吾謂黃家。

末段命二句，穿用用外。收句尤得神理。

此作頗見用心，只措詞費裁對，文頗不草、
運詞遣意，亦見恩致，自是佳境。填楼侶師

祇佐的確

是仁在於士則世祿之制必定也仁在於農則九一之規不紊也仁在於工商則漆染藝業關市不征之政咸布也統萬物之身家而運以人之胥帥追至洛西獻而炮烙除仁且及於四方如孝者稱而自來也是小養民者之止於仁者備哉天下惟遂能為者乃能大仁者之哉咸而陶融獨包玄穹黎百姓畢欽以康之照臨則當莫為君而慢君有以敬民乃備使居高以御不知淵冰守心縱忧楚顧思雖未必盡失之於

欽對曰一乃忠性而祇此民性既厚而無頌于上則使民性不厚而無頌
於上也所謂仁者安在乎惟文王奉垂統之淵深不息置於
民于聰明之外故周南召南並諸風化之所及莫不忠歸
於淳美於是仁化于臣而美華之風為常矣仁化於野
而雀鼠之訟遂息矣仁化於江與漢而木不可休應無使
吠之謠兼詠汎矣紫猗嗟之習舉賓惠之軌以治宮之義亦遍
至葛藟鄂而造士成而仁且及於治世至顯哉漢何勿如也

爲人君止於仁

驗周王之爲君仁已得所止焉夫仁之實不外敎養文王爲君
而止於仁者不已得所止歟且天生民而立之君使司牧之勿使失
性甚爲知心之仁也任其責者知民不能自贍其生而養之者
必備民不能自復其性而敎之者以周體上天之心所以爲心而君
道所以爲君盡誠諒惠鮮懷保之至而益嘆其愛民之深也詩
咏文王而嘆其敬此吾試先即其爲君驗之今夫君之道不一

端而莫大乎教與養要之歸則亦仁也天下惟論然親者乃
能宏仁者之樂育而施與無遺者德也蒼生咸謂父母之孔
邇則親莫若君而懷君有以養民乃端清引領以思無潛
拯之塗炭縱老弱疲病雖未必受其所生而即烟民生
清切不廑
臨遂上臨定自壽之則其民知而遂其所願定自壽之也而謂仁
都安種而性又且推及身之善政必將躋諸世於利澤之
中坡鰥寡與小民並切子惠之所編無不涵被其恩極梅

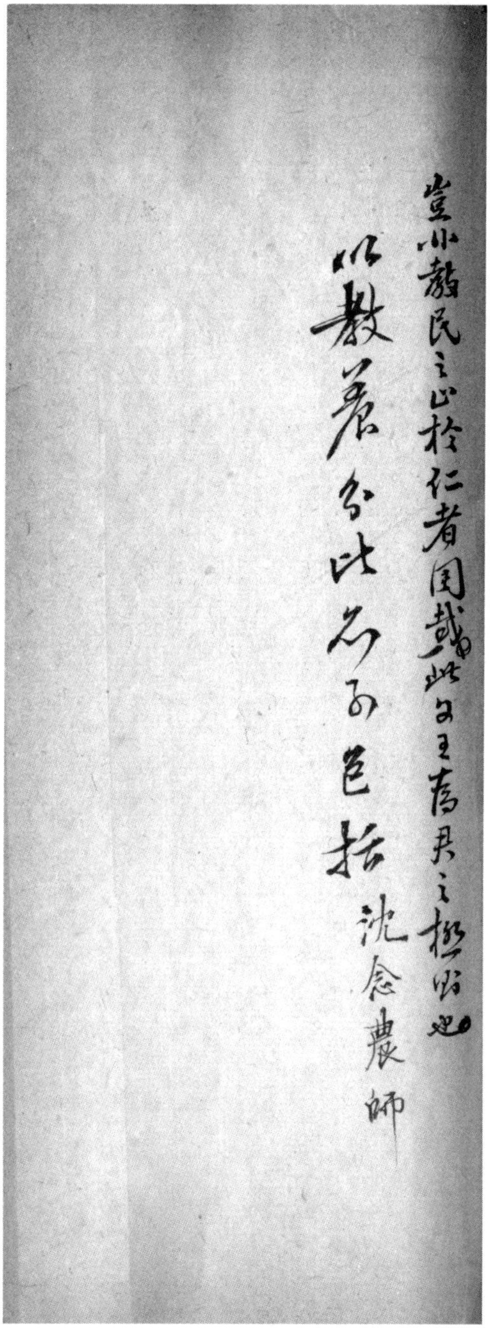
豈小教民之心於仁者固哉此文王為君之極治也
以教農分比為可邑括
沈念農師

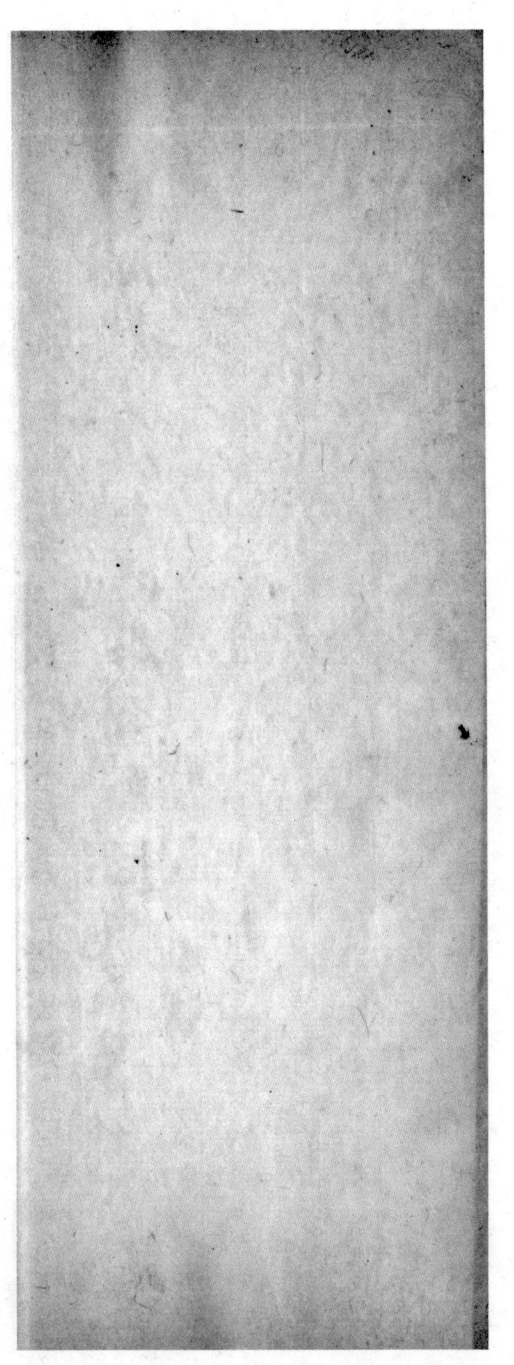

為人子止於孝為人父止於慈

進論請為子為父孝與慈得所止矣夫曰為人子為人父則孝與慈宜所當止也文王能止之曾子所以進論請且人莫不有父子及求其所以為父子者茫然也惟聖人本天性之親為人倫之至統緒承乎累世而克篤於寢門怙冒及於遐方而必原於一室作述之際擴乎古遺運之隆而遂以立乎古彝倫之準而綱試由君臣而先論文王之敬止嘗觀文王為子之孝親知日躬

先撫之夜而問以安否飽上而裼而寒暖著於世子之前者此人子之謀節
百發出以論不足厚知其義也蓋父王之養人子之極難即自亡命作叔以
大畏小懷克守王基於陂謙明德
求已浸浸乎有日昌之勢急姬奭亦勤其身而在勤其德甫勸
慎罰永篤周祐于無疆
緩於增式廓之謀以遠其身之烈哉隨陳侯尋常宴此不識庭
創業守成而嘆孝之靡從耶何知其則委曲以得所而乃計
豈而伊減伊西依然程邑遺規專征而伐密伐崇猶是克
戎餘烈追述其顯而光之爲日月之照臨化被南北曁回漢而揚

以上二項分
姬孝嘉頌
自識文

公頌[大前用集于其郎武康且培于其殿]而高自紫鄉王孝世於前也烈者指聽垂聞
至而要非知勤奮之心也觀於三分有二不改服事之勤惟恪
守前人之憲節懲心極之知古人歸而不式訓觀知王為臨
之敬而孝孝之孝即是之意也已又嘗觀文王為父之慈孝
讀[氏]詩而見其忠勤讀鑑而嘆其繩勤此孝之知之常
情知而是之孝孝又王之義也蓋文王之為人知又極難而自百男
衍慶而德已恢乎有禳盛之機用集大命於其躬而顯

者莫如長子或殉禎祥於毫毛踰者已祀福年凌庸
俗居之不繫於陰謀圖屬而謂慈教以全身仍文王則文王異而
濁而已矣濁於燬之焚矣世之人心共戴誦議生之儔四方之和
會似基追致十三年之志事九命地盟八百國之會同崇野
衣定而先來之國者十五人撫持之國者四千人之慈之侯歷鴻
人者如阮傳之窮靜而要從光至孝父之心也觀其牧野誓師
心抱毒痛之痛悸蘇而未死人之愍犀懷保撫之麾旃伐

餞而不辟則觀文王為君之仁而為父之慈如是寧否為也已

此文王之所以為孝子為慈父也而猶不止也

兩股中有步驟有議論

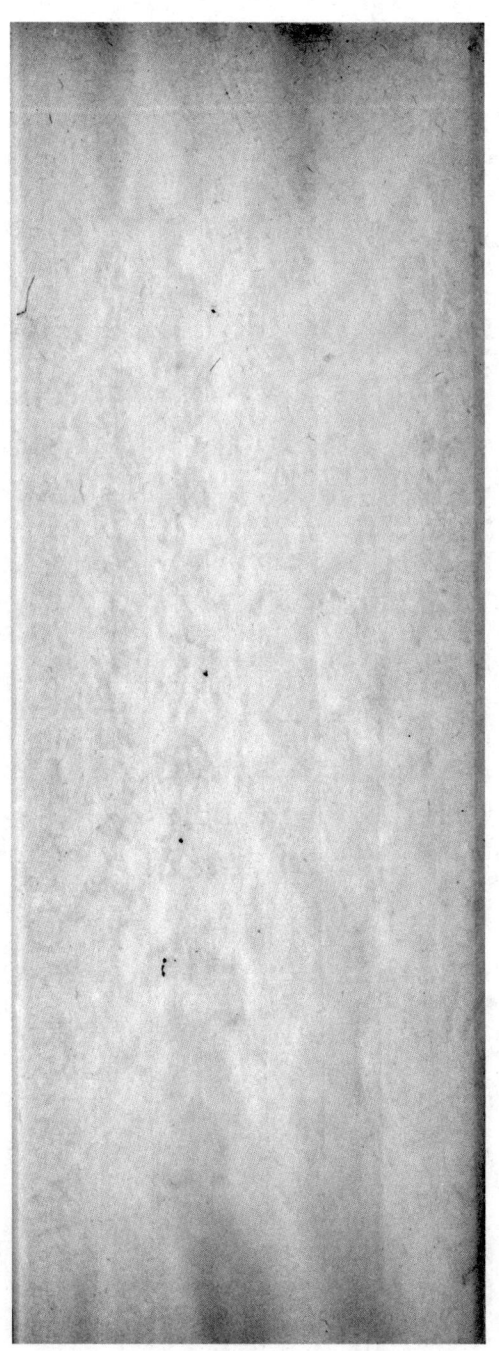

無情者不得盡其辭大畏民志

理曲而辭不得盡民志之畏也大矣夫無情者得逞其辭以其無所畏也惟我之明德既明因斯民志畏而不敢〔得〕耳且以獄訟之辭也可得而聽者其辭不可得而聽者其情不可得而聽尚有可得而徠者其志之既疏而情隱其情之既遁而辭遁其中惟有以動其心而思之意而其不敢之心於發悚乎而巧偽息久矣知其咏甘棠之蔽芾自足靖鼠牙雀角之訟

經義恰合

已含其訟者出於民之志，而成於民之聲；成於有情者之好惡，其聲成於無情者之得以冥其聲性，然而所以無訟可知矣。其訟何以無哉？能藉其口舌不能言也，而東吳陸人有不待藉而自默然者，蓋其為觀像遥聽，即不揣摩其私之庭聲之屈而不伸獨激也。推其意直有刻木為吏議不可對者矣。能振以威法不得道也，而鈞金既隨，有不待試而自惕然者，蓋其為機詐如篩，即不揣臨其私之前聲之窮

通進一層以合大學氏志矣

而不莫遁獄滋也。推其意，直有畫地爲牢，勢不可大者
亦無情者不得盡其辭。此實刑法禁令之所及哉。且刑法
令都治之具，而非制治清濁之源也。恃法以爲治，法之所不及
天下訴訟之繁，是無情者卒不得禁其辭，而訟不絕
無也。先王知其有所不及，是故存其畏，而濟之以至誠德化
之所以不知訟者，知其然而知治之所謂禁之於中，有所不忍而
已知訟爲恥，恥則有所不敢，民志之所由畏也。何畏乎畏聽訟之

一段用古文之妙
切中題意

詞旨今稍漸仁義之源，泯德傷肌膚之致也。是以有顯然知難於受
二比寫大畧慮者氣巧言之源，巧言如黃雛之集而習焉而一綠是獄
白机勢也繇來而延擒地蛛吶者不出諸口，是當世於屋帽哉。蓋
右有書卷開察非明德焉，開室獨獨之心，卑滿泯於德，開惕昧之
心粗自高，蔽藏而不能也，則氣類畢獻於識，象是必有
惕然大順乎心者，象誣善者詞游，失守者詞屈，雖於
善於澤也而怨然望樑木而泉勢樹此慵，若為兩窮

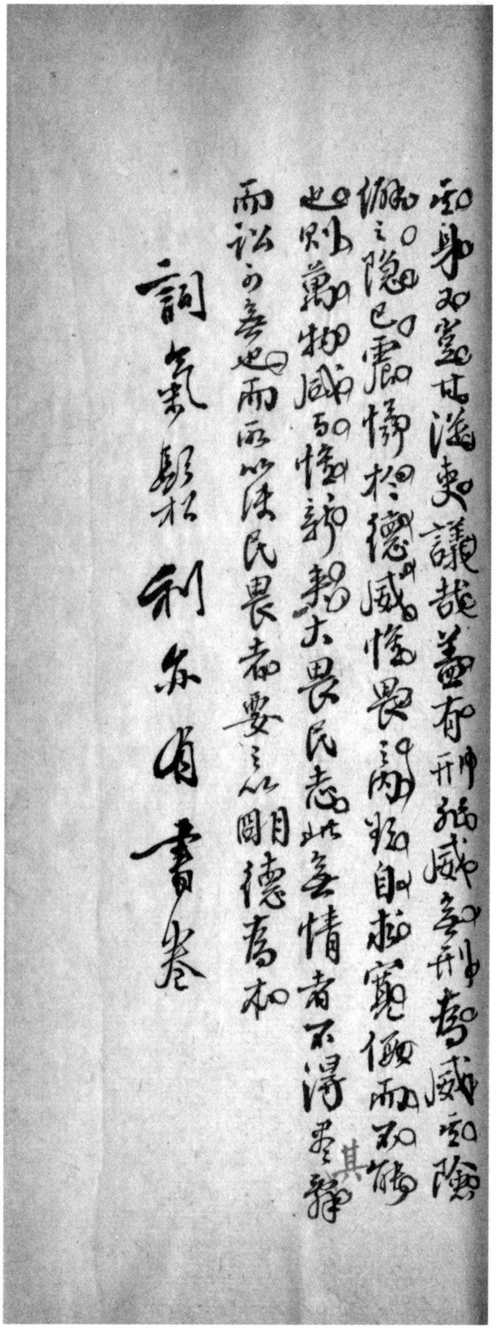

至身不蒙其澤。吏議哉。蓋有刑殺威。無刑毒威。至陰
微之隱。已震懾於德威。懾畏之兩極。自起寬假而不悛
也。則萬物咸若。懾新契大畏民志。此無情者不得盡其辭
而訟可無也。而所以使民畏者。要之以明德為本

詞氣未鬆利亦有書卷

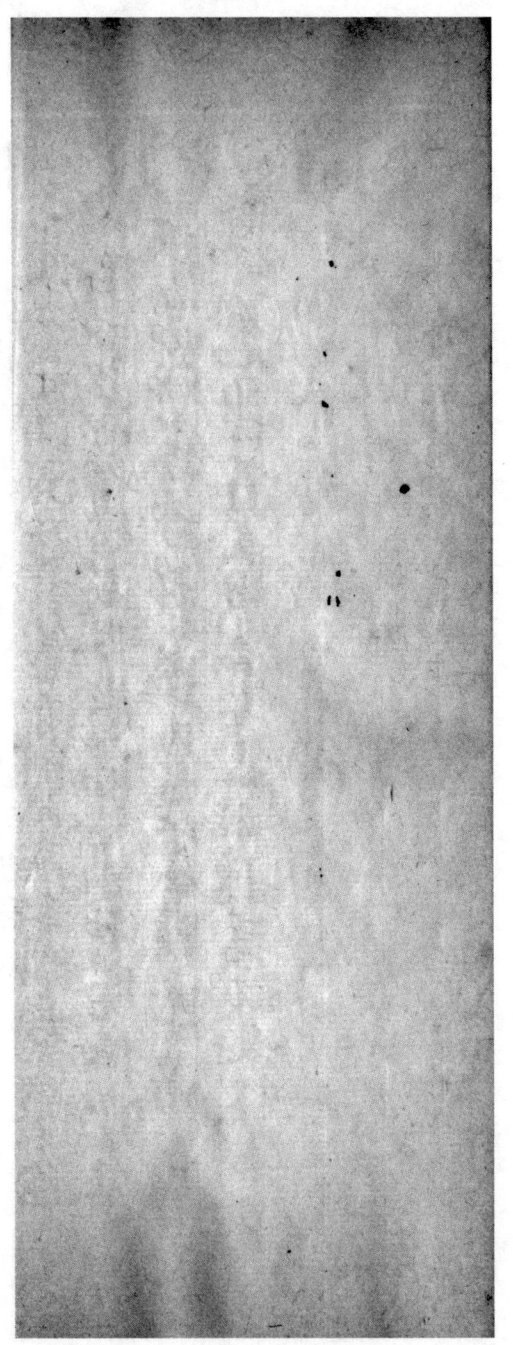

至於用力之久而一旦豁然貫通者

言學者用力之久而可觀其一旦矣其用力未久安望其豁然貫通也至於既久始可望其一旦耳 且自世以博學相高而未得所要歸抵其本原之莫識者有用力之未深也若畢一身之精加以博涉萬殊實理約萬殊之緒(改)而渾歸一致於研究有年有不足之湘源流之所自者正勿語博亦可反於約也於學者窮理固非求至乎其極矣然現其載籍極博

翻跌見力之久

者殊不限功乎時也乃或勤於始而怠於終非浮少而輟也其氣

而思遷倦者安之厭寒暑之遷流而不能自强抑觀其術

業專攻者殊不難一成名也乃隨其門而易其戶雖遠於此而

翻跌鎔此貫通

或窮於端見寡小而或遺知治者安之悟神明之覺悟

而無所不周是則用力未嘗久攻也是所用力未久而無所成一

上句另換一段以着其勢

旦豁然貫通也至於用力於一時極之時而無一息之或懈至

於用力於一事積之事而無一理之或遺至於層累以用其加

日積日長而益不極於志氣之清明至於優游以用於力漸引

而股真接下句法

漸親而益不雜於心思之研慮而不覺心之浩然忽以廣也自一

身以觀萬物而所知有限者由於見之卑耳用力久則積累於

窮究出路終竟直精矣

而積者高矣積者高而前所已歷之境皆於是而漸漸之境

此不啻泰山而小天下意

即前所未歷之境也至是而躐高之境也而向之茫茫者

一旦而舉燦然陳列者蓋窮理而至於知命若千載之聖作

賢述一以貫之矣而不覺機之滃然忽以遠也自一心以觀衆

此本據井及孫生意

理而所以未足者由於識之淺耳用力久則濬瀹多而節
入者深知入之深而前所已導之機即所識而獨暢之機耶
前而知導之機之所識而畢暢之機也而向之所於萬端者
一旦而匯於一源蓋至此心而與物接一世之物理人情一
以貫之矣是蓋有謂識以相取者奪去心理本通有而陷之
則不通之間於物者狃淺也加稍憐而陷於時加稍縱而陷
於此物於身以擇機而知人而安強留穩而得其通性充乎極

物之理即以充吾致知之功而胥由委以溯原焉此所當存休作輟者必不能幸朝此一旦也甚盖有淺深以相養者焉夫物理不覺者而滯焉則不覺其滯於物者猶淺也用力深而滯於所迫用力苦而滯於所難收此心極操而不遣所累縛絲理所亂於覺悟盈乎格物之量而無所歉自盈乎踐之量而理無不明胥由彙萃而歸於一焉此所當驗心体者知不能躐等此一旦也而未已也試更言之致

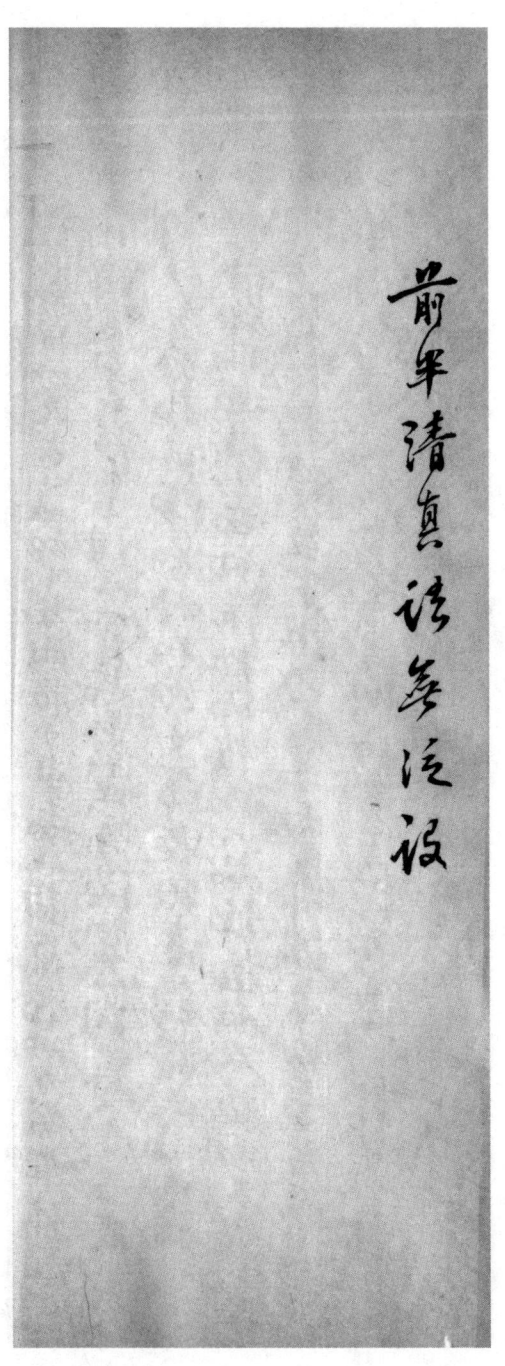

前半清真詩集注設

如惡惡臭如好好色此之謂自謙

好惡如極其誠知自謙之不容強致矣夫惡不能如惡臭好不能如好色猶自欺而不能自適也然求自適不在好惡如極其誠又且

跟自欺

矣夫人用情而不能各當其情殆暱於意之所便安而不能當其中

尚翻根

之不知安也實甚見為可憎而不能去則不安見為可愛而不能得

承清好惡

則不安唯知極其愛憎之情而其量若不充不為其所若不償

轉合此之謂

知亦知吾身暢適之境固在此不在彼也誠意毋自欺何以

神理

跟自欺說入
反面借挑

謂之自欺哉非不知惡也而不能去其所惡非不知好也而不能爲其所好未嘗自昧其知而欲以自實其知此之謂自欺從不能去所惡固已知其可惡不能得所好固已知其可好欲以自實其知究未

自欺只不謙
自謙反面明挑

嘗自昧其知此之謂自欺而不能自謙從則毋自欺當何如而可哉知其可惡而惡之其惡也從始去之而實永絕之臭味差池之下自擅薰蕕之難同其惡之嚴切有如瀏而不可希何物

以字不曉

懸一韶以相示知其可好而好之其好也小淺嘗之而實篤嗜之

後棄厭飫之中別有仰鑽之靡懈其好之既深有好忘而不能
者而好惟其意所爲猶於是充其惡之量而莫如惡臭極

前後四比遙
對實又中間
直衍二小比是之
疏密相間法
實寫自清之意

其好之量而莫如好好色于是極其惡爲惡臭之惡而至惡無
欺極其好爲好好色之好而至好無欺於是而知其暢然自足者
持鑑空之眼好惡如極其當然而不差夫毫髮當其惡而去
之不稍留當其好而得之不稍讓惟知好惡之知心以爲權

此貼足字從
易而隱微而不密有一毫之未至此其情之暢遂而爲者夫用

真備自欺情而不畏其情爲難勝而不忘於己也至此而尚爲遺憾也與於是
存於出自誠而知其情勝自快己矣推灼見之閒將惡好畏其分辨而不爽
收識意在發知後
慊是自欺其知夫錙銖當其去而惡而畏辨其廓清得所將而信深其慕
直爲俱報知說
翁尤清志悅惟本好惡之全心吹典爲寬竟而方寸中相合有一念之莫
此貼快字說償此其情之慰愜而如者去用情而不竭其情無隱蘊不悖於
然出自誠中也至此而斯爲可樂也已是則誠之謂也夫是則自誠之謂也
机流神阻去而戒欺求誠之功則存乎君子矣　前後四比正說多切當處

之其所親愛而辟焉之其所賤惡而辟焉
已愛惡以觀常人而先見其用情之辟焉夫曰親愛曰賤惡人之所不
能無也然而辟者多矣曾子所以首及之焉今夫於親近疏賤之倫而
翻駁好
漠然不知喜怒於其心者殆非人情然人固不能無情而情尤不可有
揣切穩妥
偏倚焉流於比暱婦子弟見其嬉嬉動作恣睢竊人曰形其嚚其徑
情以行者已一喜怒間已見其過中而失正矣況齊家在修身
夫人身之所接非一而情之動於其所喜者莫如親愛情之出於

無所怨者莫如賊惡試以常人觀之今夫人不告在所親愛也而於一
先尊親處家中則親愛有獨深焉於恩不當一體之相關置於懷不當
之反
深心之獨注至出以情隨纏綿者誼無所此其事之摯賊隱棄之仰
祖德流遠
固宜藏於中心矣特是親愛之難也謂必若親愛之極立身哉
猶無縱激而已有親愛之意用情自有準繩當理而行誠恐
鐵縫我為節徹以兒之我相將也何以而或轉之識東章之慰我
心也何以望德者之猶所以謹無防閑者能處親愛之流於僻哉

上第股備於
於客何異而
不直之氣
益勤

乃勝前之嗜欲惰忽勤而不訴其他闢闔之恩務更抑懾而不搖抑
襲遊魏之色而繼於節愛之色而隣於驕以恃寵而驕矜干其交
而漫不自覺快恩而傲兄制於弟而兩不相容吾見其釁隙之
日起蕭墻也而遑計其身之修於一抑人莫不有所賤惡也而於一家
中則賤惡亦不免焉聞其氣焰喬擯耶而其遠聽其謾之氣盛
氣以相加其所喬鄙夷不屑地又論其事之流遊之情論家藏之章
所責加以下體矣蓋以賤惡之雜也必說賤惡不存於心之身或訊

雖是時更
不舒受用
經悋者

至苟合而嫉賤惡輒形於面用情亦易以失和如量以償誠恐須臾
傲謾取憎風人之刺儇者也胡爲惜孤燥之歷如菴伯之憎讒人
也胡爲告訐之不信所以致至綢繆者能謂畏賤惡之發於辭邪
乃一顧而輒鄙至人能使祇察之善地一觸目而遂議至怨發念
狠避而益隱追賤之甚而以爲不屑盡惡之甚而以爲不足憐歟
睢盱已甚已儀隸下人亦難甘而諮怨之叢聲怨律雖藏覆壁
婁亦引決而自裁爲見至禍患之日起門庭也而遑計其修身

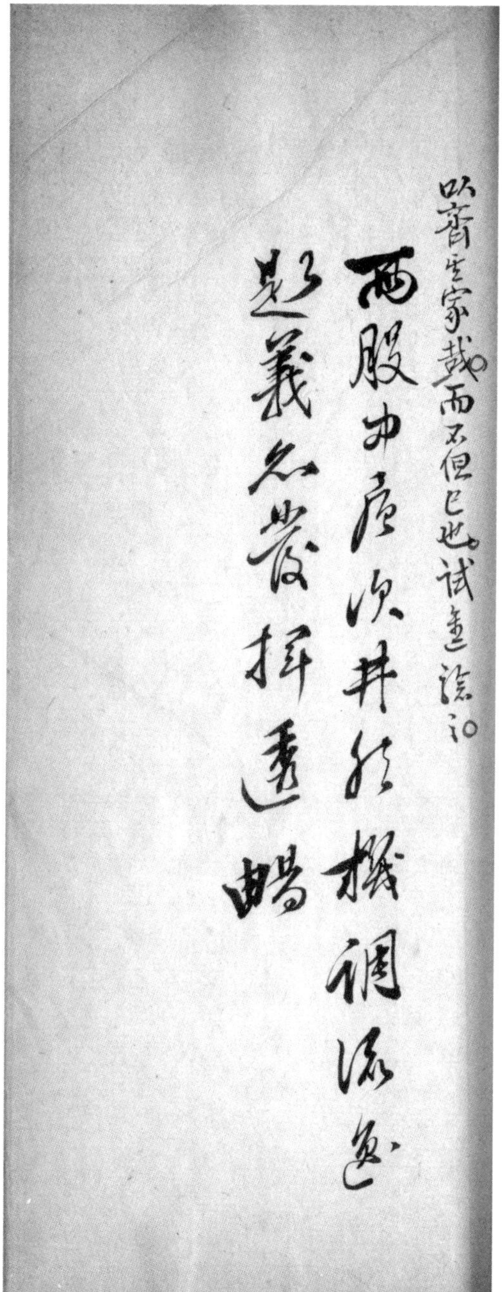
以齋先生家哉。而不但已也。試查詳之。
兩服中唐次井於機調添色
趙義名發拜遺贈

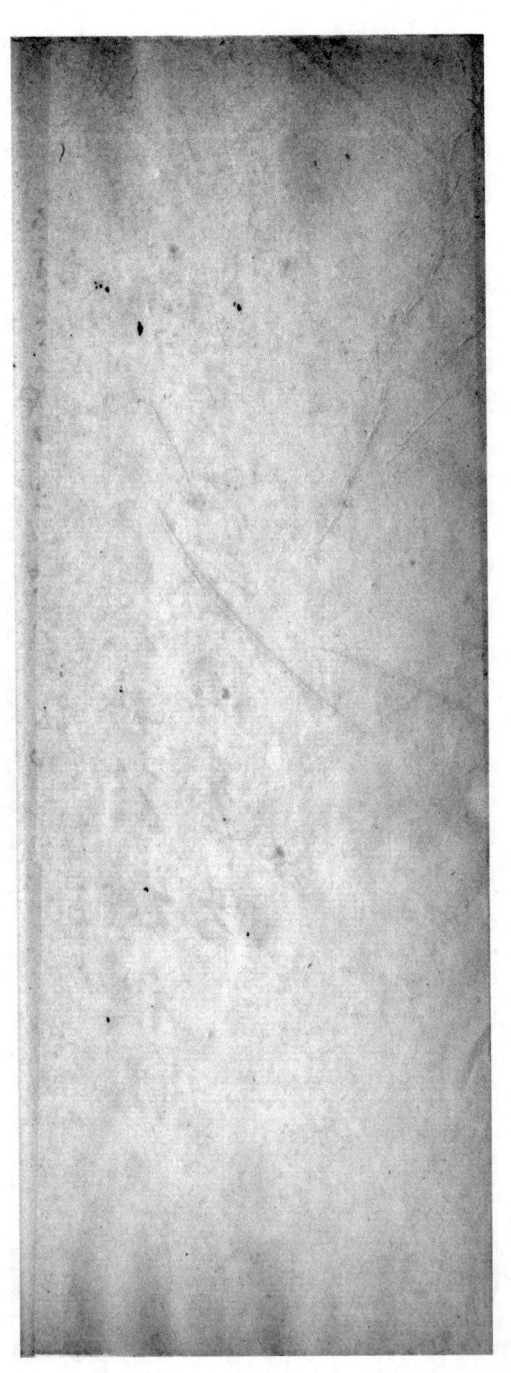

見君子

為小人者君子有難避此一見爲者君子固小人所不樂見也然既有
君子在豈得避此一見哉且吾言慎獨獨之中固一無所見也不慎
獨之小人之情重無見而勿為見處也雖然知當揜於無見而使
終於無見而可揜無見之緣小人豈不甚願而要之掩遮乎然者
苟非君子明鑒無奈此見何也若小人之於不善雖至無而不為所時也要無有顯
毋使君子知好者哉彼心日熾之第為同類之指在此人難忘有君子也言漸

避君子一層有
步驟

柔而可惡焉則陰進者陽自退而於君子行虞柔奸究日滋別
自有藏身之地而小人且避去君子也去凌空柔而進焉則類別
者群自弱而於君子仍欲與柔而孰知有是君子之時哉之論傾
蓋之交小人因緣於君子是難見之為弗是親且小人以嘗桀
有此是哉德容道貌常覺逼處之可惡乃昔之凜於意
中者今怨擾於意外焉則此率然之遞遁有是之而迫不及防
者窮無奈此一見也論知心之難君子固難得於小人是有見君

如無是氣與小人以嘗計及此是哉行表言坊久已背馳而不顧
乃昔之相推而遠者今忽相引而近焉則此俯仰之遷逢有是
之而大遠焉素者則甚悔此一是也嘗謂以君子是君子而為氣求
而聲應者以至兩相從也自小人是之不相從而意相遠雖強比而
同之援同道焉則以自解而要不能為是是解矣抑謂以常
人是君子所謂嚴憚而切磋者以資貴焉益也自小人是之不為
益而以為損雖強勉而就之假就正有道以自寬是而終不能為

忌也。寬矣。未有小人而不忌君子者，忌君子必拒之而不敢甚。能
狎。拒者，寡情；而親拒者，執勢。論情寬而論勢迎。就懷。至多
前而苟安者，皆此一類者之議也。能無毀譽君子耶。未有小
人而不疎君子者，疎君子必謝之而不敢見。見之，顧而識者，亦常；而
親謝者，亦暫。露常多而露暫，親就懷之相對而相形者皆
此一見而往，迨豈得怨亦毀君子耶。則默然之情，真有不堪
者像者矣。　句調漸日更　項樸佑師

孝者所以事君也

孝以事親而事君之道成矣夫孝成於家者也能推之於國而
事君之理得矣故曰不出家而成教者先務之且以恩義之
殊㮣也君與親以分言則不得渾而一之矣雖於家有嚴
融合市
君親知所以於恩民之父母君又當要於義此愛與敬之所
收伏中收言以相資而君子動謂移孝作忠也不出家而成教於國者
果何謂哉吾先務之事君以分言而言則君之位有獨尊

遂跌二載嘗則浮於帝天而上下無極於隔闕雖極窮然由庭闈之
清德
覿而無可得也豈以情而言則君之誼為最疏則不相親比
而嘗子遂至於遼闊雖極懸絕誠天倫之樂而不可得
也則事君者離別有年而不當家之有親猶國之有君也
敬愛之極冒不避艱之孝也孝隆於蘇而蘇比嚴恪之謂實有不貳
實出於正心之至意而克不貳實心即人臣所以靖共爾位由寢門
通之理
而推極堂陛有遠邇而無異同也齋夔戢懷為子古云

子道之恒即爲千古示人臣之極一敬之至爲銘而已孝和事
愛而愛能奉養之謂實肯諭之於道之深心爲克諭之於道即
人臣而不責難於君於庭闈而獻替朝廷者親諫而無隱也
徽桑懿恭爲先世繼五十載之賢勞即爲商家綿六百
祀之宗社一深愛之根爲國統而已然則孝者未至不足之等
二人者曰不足於事一人能然不具之衣冠而猶能不勝滑濡而進
不得意而續之如知事君之德閫儀節也不如養志而孝者

別請改以

後之一矣 正

婦哉是以

相道也

知事君之德事趣為也惜身家而不忠於國而義施妻子
而不孝於親而處不忍為令子義而出不忍為名臣矣然
則孝忠兩成可以無忝所生者亦可以無曠厥官非必分誼
之差殊但必公私之兼難而隱而無犯即面折廷諍之所
節義也勞而無怨即鞠躬盡瘁之所當盡也予輩慚
於一十六様可知帝臣無愧於二十四人而孝臣與聞樹之
盡義而忠必懋綿常之績矣雖釋褐登朝名尚有居官

服役之模。不得謂事君之義。忍於事親。而忠理可以不作。一
然安上全下總持此地義天經之極。則可知事親之道通於
事君而贊襄豈別有方蓋孝者所以筆及也。

前半鎔題下筆頓見清思

一家仁一國興仁一家讓一國興讓

即仁讓以觀而得家國相通之效矣夫曰仁曰讓第一家於耳而一國遂以興焉不可見相通之效乎且夫國者家之積也而一國之情情聯以一家之衍謂而有截斯通篤恩勤於閨闥而人已丕矣篤於恩敦彼叙於彝倫而人已丕敦其叙初未嘗據期於國也而藹於相親秩於有序其心自勸弗於不自知蓋家風之徵其儀型而國自形其鼓舞也觀於保赤而知慈之不假外求吾國重

強為

顧仁字貞一
欲賢
思夫孝弟蓋本也是必云相愛以恩而情有不容已者也夫庭闈
聚首第恐恩之不篤耳惟仁也而孝以恩無忘乎孺慕弟以
恩無永歎夫式好兼以恩常切夫痌瘝而所謂溫兼惠和者
程寄邦任
有由乙上神
仔之妙
悉本之一家而體於程程官之即柳必云相接以義而序有不可
濟者也夫殊擘倫人紀第恐義之不專耳惟讓也而孝以義而
從違不得以抱曲弟以義而疾徐且雜於行趨兼以義而董勸
亦濟以恩威而所謂稱名定分者悉肇於一家而諒之遂感

勸乃古識
機勢流走
情理分析
上二段
渾然大方

儀之常。慈此者。第、仁之殺、於一家、耶、第、讓之成、於一家、耶、裯
何嘗措之於鄉黨、抑何嘗推之於邦國。抑何嘗施愛養之義
以膺衆志。抑何嘗有標節之訓以導群情。然而不一者勢也。而
至一者。情也。別親疏者分也。而親愛同者。理也。是故一家仁即
一國興仁。一家讓亦一國興讓也。天下。惟情之至者。即能無煩
於勢。迫而遠。近者。愛。裁成焉。夫中心安仁。亦弟家人之有字。
顧諭。禪方起。於座戶。而徘徊。早。偏於。方隅。能。移。有。潛孝。

頓跌處比

酒者動於情之所固有也一心之惛惕而黎首已共其操存不忘

因不机宜神

之溫慈而蒼生胥懷夫情愛均於至有孚於家之時已至有孚

引

親切條暢多

於國之時一情之興為濟洽而不啻孺子至情能盡有攜也犹泊

解活潑的机

者攜也誠以仁者情所鍾而能必家喻戶曉也天下惟孫之宜

宇之神

者乃論慈播於孫孫而小大悉攜時致盡夫先恭克讓而弟

家人之式化即雝睦方自牧於一堂而恭已共鏡於四境發輕至

黔黎之率者咸於孺之自所同然也近時在不勝社閑至風土者

無暴氣。吶然如不出口。被其化者，少抗言是非。起化於家之地。已
其超化於國之地。一理也。而其流通而不窮。充盛其積者，能取於
樵也。能面有命也。誠以讓者，理之如而能其辭也。備言也。雖上行
下效，所以據其柄者在權而仁與讓，其不據其柄而被其功者
以無權而通於有權。雖有響哉。應，所以擅其能者有私而家
與國，其不擅其能而可責其效者，以其分有等於無私。是仁也。蓋
其機在於此也。

此六幀字寫頌自餘圖映淺濃
亦復制勝在此

此之謂民之父母

中言民之父母當無忽於所謂矣夫所以謂之民父母者以其好民好

惡民惡也果能如此民有不愛之如父母乎今保障父母哉民之倚而

翻作發切

總無懷保之實而偏事吟羨名藉口都能莫識所謂矣唯無謀

弗遂有以恤萬姓之身家而有識者適逢以見一時之愛戴

收合此之謂

化朝野之間總為庭闈之恩稱斯實至名隨不徒尚虛名之奉

處神

題佳此字

已矣如好民好惡民惡如此必其度揆審情而所以知之者至矣

服即直趨以示毛不屬孰能無喻其悲歡乃有視萬民之心不啻如一己之心者

捷 如痛癢疾痛昔萦外其昭融之見此如其謂身處此而所以求之

跟貽父母 者誠知夫在廟在宮詎能下通其悃愫乃有以一己之心悉協乎

萬民之心者則按摩鞠育又莫窮其保乂之神於此而人之稱君

再積移今 子也其謂之師知治者夫君之寵綏謂之尹果如是尚可畏此則是

步驟未詳 其愛而不見其畏也革凡養頒給無義親至君子之前而

人名陳其隱顯呼吸通於一氣直渾忘於君臣之分而謂伐

見闕闕之恩勤首出者元后之位所謂之元后則但見其尊[illegible]
見其親而不見其尊也若乃與聚勿施不曾親問小民之疾而人
各遂其所求所哭啼而隔於號與須臾共忘於勢位之崇而翁
然動戀帷之愛慕此之謂民之父母也云爾矣何恆相忘於局外者
乃論相通於局中雖倘疏而不忘於狎故所好所惡民或有懷而
不能諭而爲父母者不難所聞觀色陰察默矣而相與節節採之
讀太甲之訓所當知惠而心者者元后而胡爲鞫謀是急佳哉

親切入骨

頓挫生姿

生而或喜震動以還就令父兮提攜雛子雲迴甸之周當知否
過如斯也誰謂庶遠堂高獨嘆攀援之莫身天下惟不孝勢
之所倒者力能喬情之所鍾雖上通而不格於魏故所好所惡父
母或慮而不及知而知民者不難知為急呼自覺雲隱而生其窮
少暮更勝而轉隨之論如擴之詩而謂孔邇常懷亦喜畏顧角而何歎泣
腆之私勞則歌鮮撫而何柔疾痛之呼就令亦民膽依一官對
慕悅之誠或不能盡如此也又誰謂遠道千慮而同無聞之過

情夫歸物之數有萬方乾是載而是幬負陰以成形抱陽以成氣所謂惟天地萬物父母者此之謂也而予於左右有民吏宜或燠而或休保赤而曰周之知不億而飄商之孫所嘗惟元后作民父母者此之謂也此其先之所以爲大也

學驗安詳思議鑿切前後俱勝

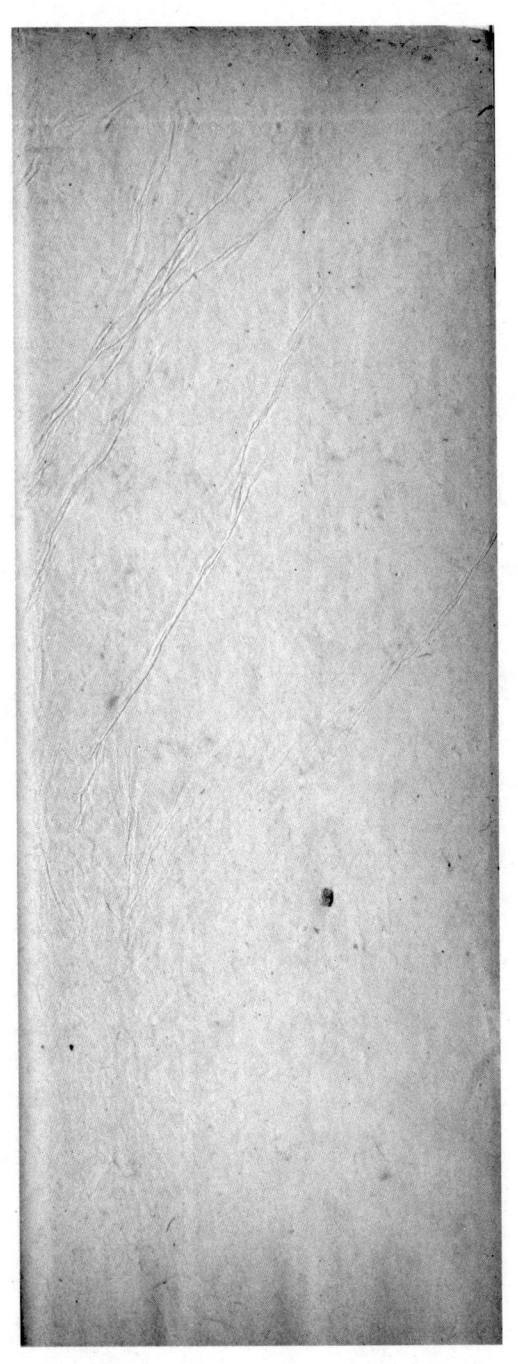

惟善以為寶

寶出於善楚之書明乎本末之辨矣夫善人國之寶也楚國惟此為寶而於此善之人寶焉不明乎本末之辨哉且自列國貪於貨賄徒求一所寶惟賢者佳難之不識寶貴尚德擅美名於蘇譁囂行人有能持論於崇夫中正蓋有相忘於玩好之資而獨縈情於國士者而一語之流傳殊足見珍乎後世焉故楚之書所云楚國無以為寶今夫楚之豈真無

和韻 罘

精又精屬

閣寶耶堂亦一無所寶耶天地菁英之氣凝之秀名瑛之精
鍾之秀人文之俊道有秘守虛原者來苟本末之未明則琢
藏之義哉且可握瑜懷瑾者猶爲價之低昂而莫辨其貴
賤川嶽鍾毓之秀蘊之有琳琦之資發之秀誕降之靈
道有至守至大者來苟內外之未審則玩物之微可以爲瑰奇
奇行者聞見之將尚而莫較其崇卑而孰意楚之所寶
者則惟善人也一徵於王孫圉之聘晉而無愧於鬼神於無

惡於諸侯以善無能爲役也大夫而既辱問矣寡君無憾矣

意調流美
得左氏之骵

惟於此二三君子之勸相與奠宗邦于磐石彼鳴玉者徒志在
白晳也不能咋舌自愧乎一徵於怡業恤之報秦者北面之壇
者一爲西面之壇者四犯善不足爲觀也使臣而既惠許矣敝
邑雖羸尚存此一二耆老之人相與維國勢於苞桑拔敝國
者惟詢於饋寶也不且懷慚而退乎于是知寶箕之言洋足之
爲平天下者取也天下惟基之厚者宜勢乃崇而善則國之基

擬季用潮也夫瓊弁玉纓寶之者方侈瑕瑜之鮮華而何章詞令之
觀侈不平直觀聽是為賢之獨執聲席珍則有待于聘利用則藏器于
躬巾振蛾以身誦有匪之章而貴為圭為璧矣蓋天下之寶以拜用而性
論與念為善人為寶之所由生懷非之人善敘之百里之土善潤之六府之
財善理之則探索本而末自致宜為寶孰与求環求璧乎
故玉可毀而珠可沉惟存此宏獎英流之懷与之相深於無窮
而席珍之聘重於連城矣而華國之選逾於照乘矣天下

惟根之深者其葉乃茂而善則國之楨也亦樂被列爲寶之者謬誤象賅之是宜文何幸載籍所傳程見尚德之遺意其相美金玉之質其章幸追琢之加詠行招之詩不啻式金式玉矣蓋天下之寶以散見而惟善人爲寶之最由所善以移天而天不愛道善以法地而地不愛寶善以擇衆而人不愛情舍本求末一無不足貴珠則有其本而末自至其爲寶孰與爲藏存也者守攸貴可知而踐而循繼極之緒華勝穆之播總不離乎其嗜好而寶德

顧惜涉及之深心不究稍踏矣而寶命之誕膺無夏或隆矣
康法語定
結頸兮

披沙揀金時見寶光嚴足
英年佳境

此謂惟仁人惟能愛人能惡人

即能惡而徵其能愛者爲仁人詳其謂矣夫仁人之所惡在媢嫉之人而所愛即在有技彥聖之人乃能惡以勞其能愛此所以審其謂然且天下無不愛人之仁者而况在于德之士而所知以愛者愛而不知惡以成其愛物覽抑難覆帝周懷於者知獲顯其用抱德者無以進其身友以容愛而居然不愛之勢此觀仙人於深者用情之執斷以用法之嚴而能事道以獨顯於世

承媢嫉用不不能媢嫉之人仁人必放流之不與同中國此節而謂之能惡
然於人上文翻之
掠本頭乃机人而已亦何端而謂之能愛人哉惡則出居心也獨執摯執去古
淺謗
稱遺愛之性是樂易近人而尚以宵小之進不施其度量
跟入題反之宏則威惻於恩施以兜譽禪之私而溺惡則宜為氣也未
頓之氏
對上文博愛為仁亦性是色荒不棄乎倘以舉枉之乘不宜然
含容之量則攜之已盛又已乖愷悌之深衷哉則困惡人而
是愛人之說不幾莫識而謂哉而不容仁人之所惡者宜忌耶

也毒之害德也於而惡不務去焉於而愛不克施而安湯俾
而御窮陋豪傑登庸之謗節者知仁人之而愛必不能枉法
才也必不能遺之德也有而去愛於中国有而去惡於私而
營窮福稼寬佩忍飲知榮感之端者然而方恍然於節惡
知勇兩義尚愛之說義也必之清明而身有智識之德爲其法燭照
垂遠義俾後未神方慮蔽於狷㥨者而不悟乃惰於人之私其物欲之
切當蔽而心不格于耳舉而移於而錯然後攄于一己而東西適宿

縮入似字稍不紛散

數十處字簡簡蕭疎

稍一旦窮諸家之變莫敢論定是然之是此之精神似為
者愈精神知愈渾存天下之至順之理恐之公而不以痛之
苟者之詞此奇以全存情行人之氣私論之道一此之感權獨
攬有勇以成之議之大法果斷不行方慮屈於猜嫌者
而不能伸乃悟行人之氣雄氣概投機斷而以用不測之恩用
不測之威窮邊方荒徼自前而功德早垂於後世而信
棄惻怛不足以沮之大之情此之剛斷何如者意剛斷之念

味乎天之氣脈究極其正而不以議究猶者謂此猶以濟寬
惱仁殺之無形餘者乎蓋是書古帝王嘗能之義預置不存
徽昭明德早有防於衆正之徒遂而克懲邪詩頌共謹
遂疏證堅而謂存罪四述而天下咸服者此之謂也蓋是書
我聖人必能之義言備而難行備而略且自托乎堅貫之私
而義郭方溢于衆人之口刑戮已莫逃而貶之譏亦嚴哉
少正而懲小人成羣者此之謂也苟非仁人孰足以誅此猾

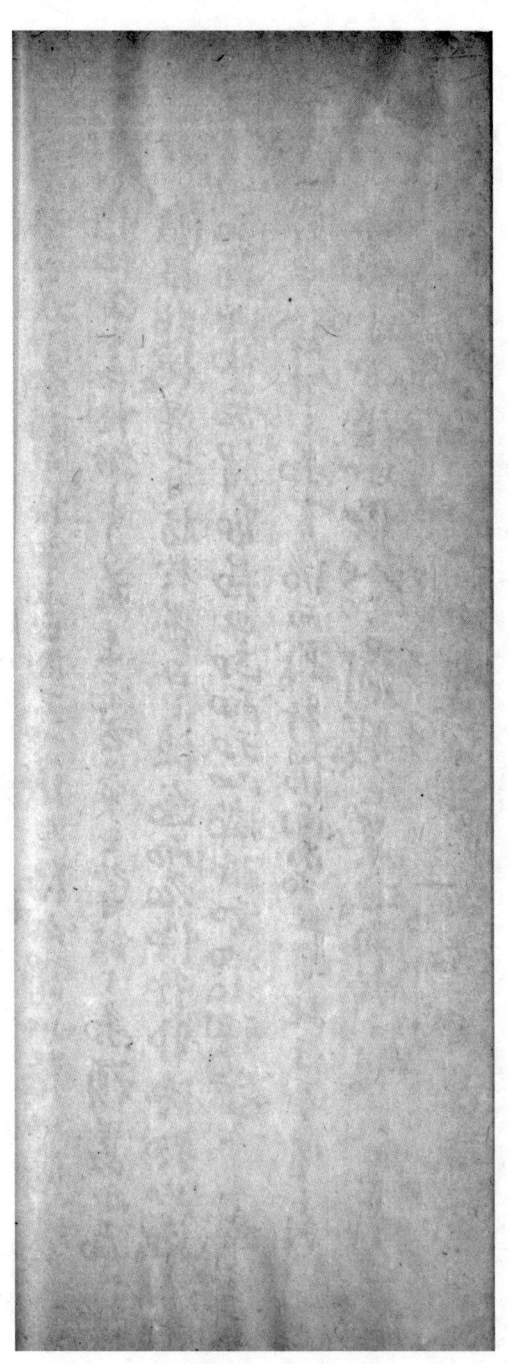

未有好義其事不終者也

已終事以觀民心好義之效已往矣夫事之不終由於下之不好義耳果上好仁而下好義則其事未有不終者而民心不可見哉嘗謂下之

扣入好義以前所以事上與上之所以使下者雖抑揚而當縱要通於好義不成於情所快

勤邊疆之以當議戍怨咨而莫克辛業勤其以晚始已奔走而輦轂自覺責

忘勞蓋勤以情所好勤蓋曉然於所當然遂謂君爲一事是上所爲其事

收日後懂而不來遂成引自愧不堪奮復已於上好仁而下豈不好義矣拿其責

計也所爲預爲其事計也何也則以下之於上特愚孝義之知好也篇不好又

民以義犯難於民之好義實難責以義則其勢甚廹雖於稍

勸意融洽

寬而不能夫其不能稍寬之心即其情性順勞之心而弛而能也

雖使之為極以巡功而工築非時旋見澤門之惠謳將挾義則至下

友四但融洽

使其殷雖於少緩而不息夫其不息少緩之意即其勇於赴功

之意所廹而所也能如執非以待築而乎蹕初鼓已聞鼛鼓之

而勝蓋其有好義而其事不得者也樂用者東將之情惠在置

之而不得其所有義在則其奉所也甚宜矣夫以胼胝自居而非

顧於生情而雨露曾不能加恩於萬一自問亦難安耳幸有事焉而

實於寫出得手

篤於情致纏綿文能抒寫報之心方殷於平昔恩之加渴效於崇報其踴躍以趨者

思黎疇焉而徂其必誠之志事識之既久者應之必誠忠

之志早隨公向力役而掏輸非挽於前也推於後也誠以義者

收合切當之宜將焉而未有中直而止者也類應者萬物之情患在投之而

不得其所於義則其為敬甚切矣夫自應而深被恩

豪氣而解報德於錙銖自審殊皇猶靡措耳幸有事焉而

句斟字酌欣然奮往勞而可耐勞也竭思誠忠即在勞力其間勉以赴

中自有沈功者就令遲久乃筆舒弛其必從之心手施之不迫者哉之謂也

篇之氣衝下之時自見攸往涉川之咸利非三以令也亦五以申也誠哉也

事之宜事之者義所制將焉而來有半途而輟者也由是事在於常則說

制用字見以忘勞焉暴背汗顏亦誰樂此劬勞者而義之所在民與

而當

實是一個池圍以飾龜築宮室以遊觀要未有不從焉以治悅豫之情

則民之樂義者也

魏下文須當其悅豫之情仁君所不忍煩吾民者而猶諮以勿亟欣於子來如

弟多不敢是哉事在於繁則謗以犯難爲夫執兵擐甲又誰甚此鋒鏑

憾者

者而義之所在即循東山以之三年餘我東樞九月而東有不復

爲以起艱難難之會志列氏之鄭難之會仁君所不忍於其民者而惟

奮不顧身計不旋踵如是哉曾是財爲上者而惟廉情出乎

息以營搆有沈著之思而綿密之

氣與卒爾綠餘廻別

通首能得題神詞料亦不形窘枯

居然可觀　凡題字須會拚能拚則有層次有步生發搖不宜囫圇滑過出首尤爲通篇點睛之處必須纏意使題與神理俱到不可將就直出發毫無生趣助文字之要識色也　沈念農師

伐冰之家不畜牛羊

藏更及於伐冰者而所畜宜戒矣夫牛羊庶人之畜也家既伐
冰矣獻子所以藏豈不畜犢且亦飭簠簋而失精白此臣節
而務殺冰乎顧畀之厚豈臣也常假物以厲豈身廉而臣之私
豈家也或因物質豈貪濁詩共爾位之謂何備名而思
義當亦問心而滋愧也不察雞豚在畜馬乘者已然矣進
此不有伐冰之家乎重匪頒之典食肉者與冰猶豈之也非

績狀

伐之也曰伐則所以擅藏納之權者且可自命於淩人而彌矜

酬勳心膂襃厲臣節而輝煌絕域隆調療之錫老疾者亦受

承膺受之也矜伐之也曰伐則所以尊取求之職者且可自令

之掌事而猶懷作鑑御以布臣謨而益重旌寵是必有所

拈合妙

以稱其家者而奉所例當于華也獻勤第而猶控御未嘗不

用以獻神而苟其當之則申儆牧童執詞以良此苗藿營之

對法妙

者懷慕參之思勤出土牛而猶益壯知止假以送寒而苟其當

之則掌諸牧人洪受命而飼以芻蕘治然唯早蓄之是急

靈轄一葦臣吾思之知蔡神用以沾楷書田取純白之義則蘋蘩可薦

下宮不當

臣上意

筐筥可陳揮映於綴鑣之旁都潮於行省光奉照太和卿

祭賓公服索牛以饗而回首頭之搖家也封羊以贏而回執事之勤勞

也不特爭利於民即此志存乎璜當文勝冰鑑而慚愿廉

追之加夫賓客僚以當以素迎國節儉之風則加邁前徽

射葉可證獻以楮以盤之佩者抑亦溫伊可懷射照太和

再用開合
收之

出藏者陳而不取之於官也羊羹者餬而不養之於家也不牧
後民以安即此情殷字畜當亦啟永盤而愧怍彌形郎蓋
未嘗有家貽畜牧中與匈奴賢傑而偕招角而較長短相示
即相國之資糧難而彰賢羣牧羊即牧民之義而家既收
冰則畜養中嘗有讓獻而貴傷冰鑑而贊國常思立
義之風薄海冰淡於知民莫忘大東之刑何不當千羊
有斷然壽至百乘之家則更有蓋矣

雖有善者

求善者於災害後、必第嘆之有矣、亡善者、固可長國家也於有之於災害後、則已遲矣、求得援以爲有事、嘗聞善人。國之主也。治國家者。誠能得善人而用之。誠惜者不至、兵安樂而弟與共憂患。至於國事日非勢。乃將迫之致此之由。而竊然以爲善人爲慮、雖然。憂患中。亦何嘗知。善人哉。將苗害若至。皆自小人。小人者、不善之尤也。其行事與善相反。凡善者之深謀

遠

慮久廢棄而弗庸哉。嗟而內美自傷，摧擗之者矣。高棄貴以奉之
至誠必勝，乃善為饑。凡善者之直節獨義，窮痛懲以為懷。
賈禍而清源極哉。寥寥者靡有孑遺矣。審為是，又安得
善者而有之哉。雖然，方今愛充之未形也，逞善而不能為善惰
倭在朝者惟賢在野，深恐有善者以泄其獨好之謀，及危亡
之已迫也，若善而竊思其善，治以殷棄充，則以獨當國甚
願有善者以讒之，屬陽之責，於此而必曰不有也，彼隱然自恃

者終之哉有痛深而竊韓之贊揚之挺生則仰之迎之意而予
之曰有善者且於此而第曰不有也彼悍然自居者反以為有
者發而讒客於忠良之蹤跡則仰之讚之詞而奪之曰有善
者三綱淪而九法斁居然碩果之僅存則之為有也甚囂然
窮而見節亢而識忠遂之為善者偏章記錄列聖在天之
精爽默佑之孫悅而仰宗祐而偶心之感之上繼列聖君要祇
此善之哉明也則有之惡終於不有耶微言絕而大道堙尚有

成老之在諸則寔為有也甚難破格之寵遺之餘獨加尊
善者措思和雖蒼生外鋭之私情深誰寔顧遂而對闕
闕而萬目寔瞻以之議蒼生者要祇此善之堪矣也則有之歸焉
此有義音喜新時也而倚任守善者已進而責效於善
者愈迫必深相慰藉因吾不誠果用公令急而求之是其道
用書成
也然國亡子忘不利而彼善者固無所以對訴惟因臣難
語悠約
驕而停施而濟已至敗者為以決成探者無所凍神助綢

即詢韻安 迪

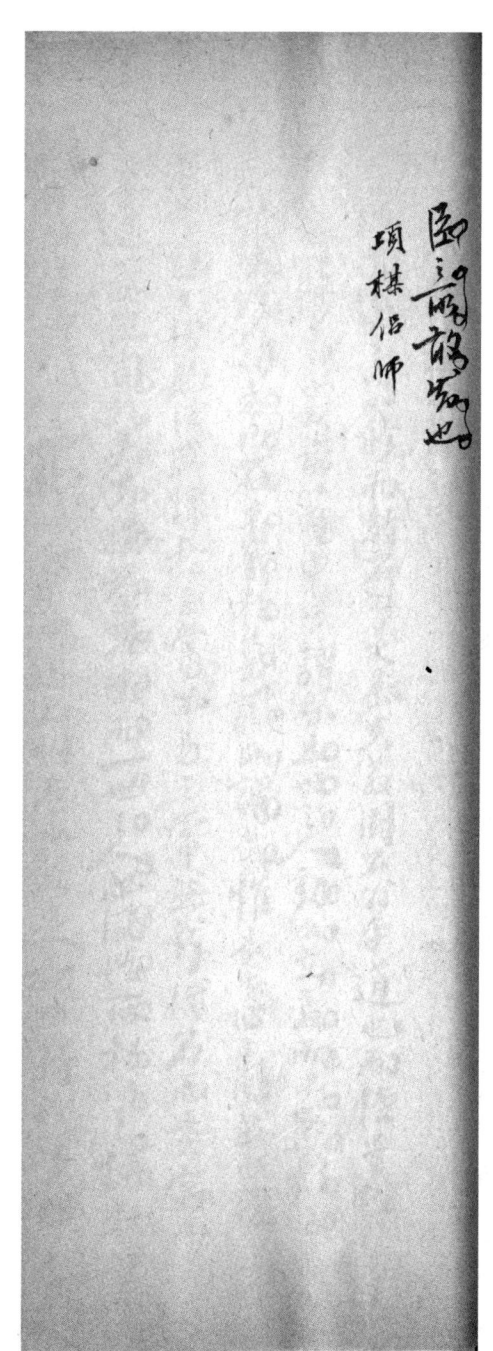

頌祺侶師

修道之謂教

進言道之所以修而教不外是矣夫教固不外乎道也而性要性

者儘修之子思而以首申之謂天此也之人動立教而不外於所以至

翻後轉來

張而推持者而不不能如莫識而謂哉惟本之心之同然以體

受習之深然法咸歸於至當不易之常然斯循名而責實矣

道一而風同必知其損益就中而一世之人心風俗而協以至協也

於性為天命而率之即為道以性原於天之初何待於矯揉

特以陰眺半拘牽於業質之偏而同氣相輔者固不免同全
陽倚
於緩也則沉潛高明詭兒剛柔之相克而滋殺生安危體者
淩凋拒拔幾少而滋始執滋而覺者窮氣道由於自然而何難於平
履特以習尚錯歧多惶惑於歧趨之際而共由於悠者未然
共歸於變也則挪挪崇正端趨誘擺之有方而可為履
道揭立而禍福而可為窮年魂兜到道而然則必有待於發
也明氣雖然不得豈易言哉氣端之最稽於有而大於氣者

父子君臣之所倫之可廢乃至一切以道於空虛而卑賤妄認
而欲跌於道亂者背常而亂道之日家之義怨寡而節之紬矣仁義
修身而之謂禮智之所事之宗由乃執一偏以安於小就而陋遠總泥之德
尊神所出是道廢而術精是皆教之所義非吾所謂義也凡吾所謂
太道不在義者則惟曰修道是修則有所損之者而後將高者循而
分發之中就合之矣奮注獨前非不餘勇之可賈特道而既修而所至
字之義之盼者者卑之域於不卑不高之間循道而不得高道問

不得爲殺也仁必有隆殺義必有等差禮必有節文婦
必有淑擇舉一端焉必避意志於閨閫精出範圍而勿陷
非折其氣也非抑其手也誠以道立而尺寸不逾義之所背隨
振而大哉成也修則有所爲而不爲不及而法拘守者隨而反爲
亦小廉曲謹而不一節之奇稱特修而曰道則亦所材之謂
勢者不然惟境拘於近者其之閑禁執爲是之爲意知不知
是爲殺也不嫌於爲仁不予以爲義不拘以爲禮不察以

者智蓋一世勇冠加稱於天際雖精安於節簡而名偏於
攬於前也挺摧於後也誠以道在而會歸有極敎之餘以說
並上下統
君魯而勤輔相也遠而在上而極其敎於終遠則皆舉堯
蓋見賅括
舜禹湯文武周公之道而修之而禮樂刑政之達諸天地者
由諸百世以俟聖人而不惑即窮而在下而極其敎於草茅則
將舉德行言語政事文學之道而修之而詩書講論之
力破時地
賢諸一堂者與諸四方接諸南畝而爲萬世學者宗語

莪拜題無經有思議有筆仗

莫見乎隱莫顯乎微

進言隱微之所在而見與顯不外是矣夫曰隱曰微則與見顯不同也

而實所莫見莫顯焉盡由不睹不聞而進論之且即甚悔夫人藏

翻覆乘 其心輒自謂不可測度也其跡雖未形而幾則已動矣機之流動則

切 心固難欺蓋有可詭於人而卒難瞞於己者即此潛滋暗長中

誤理明之 漸知不意十目十手之所環集動於不睹不聞此時萬幾俱寂一

跟手借跌 念不與而見焉見而知知所謂隱也不知見焉顯而形形知所謂

顯字脉理微也進此不有隱与微在焉隱則伏之深而莫循其蹤跡者也
清真　而不彰也機緘方蘊於中迹象未形於外而此志之所蓄識
顯隱淵微　難為淺泊之圖微則藏之密而莫窺其端識者細入無間
紹九顯諸　也然非離萌於己指摘所与於人而此念之所存幾幾無別白
林匀然　之術是則隱也微也說者謂無從見無從顯也而孰知有不
然者其所處也至暗則深自閉藏在人豈窺尋之無由窺
韓筆來　由外推內繇人共睹其所者以內推內一人獨覺其幽也至隱
淨

照於冥獨揭其秘鼓鑒察於漠獨鏡其情則雖隱也而有擿其

成語巧鑄

微以張皇夫幽遐者推其意以所謂明而出往旦而游衍其著現見

收題字字

莫適乎此者矣其於事也至細則遁於毫末在人亦探索之無從

不知以人觀心衆人共瞭於目者以己觀心一人偏得於心也簡在

寸衷猶是毛髮之不爽瞭若指掌固有須刻之難逃則雖隱

語意精混

也而有事其智以紛析於秋毫者推其意以所謂鑑之常新乎

而右愧恥若撻於市朝其明顯有莫甚於此者矣謂隱乎

實人應通

物是微則物顯其時為相倚者猶深也蓋天君難逃隱而為是

若兩草字

之地匪幾莫適顯而為微之存如響斯應更何時之可待耶一

神理情境

擬清

抑謂隱則必見微則必顯其漸為宜防者抑未也蓋清明在躬

自覺無隱之非是志氣如神自覺無微之非顯如影隨形又何

此層通字

漸之可防耶一是故編見指於行顯於事千萬人所共睹共聞此和

字更深惜

必為一人之知聞周知而惟隱於中微於內德心密而不睹不

見顯更不直

時不我察所

聞者獨操之一人而鑒甚清明此所以莫見乎隱莫顯乎

不可見顯乎

隱微也 微也君子可不慎其獨乎
兩字字適確切也

用意一層深一層布局一步深一步
章法完善理境澄清

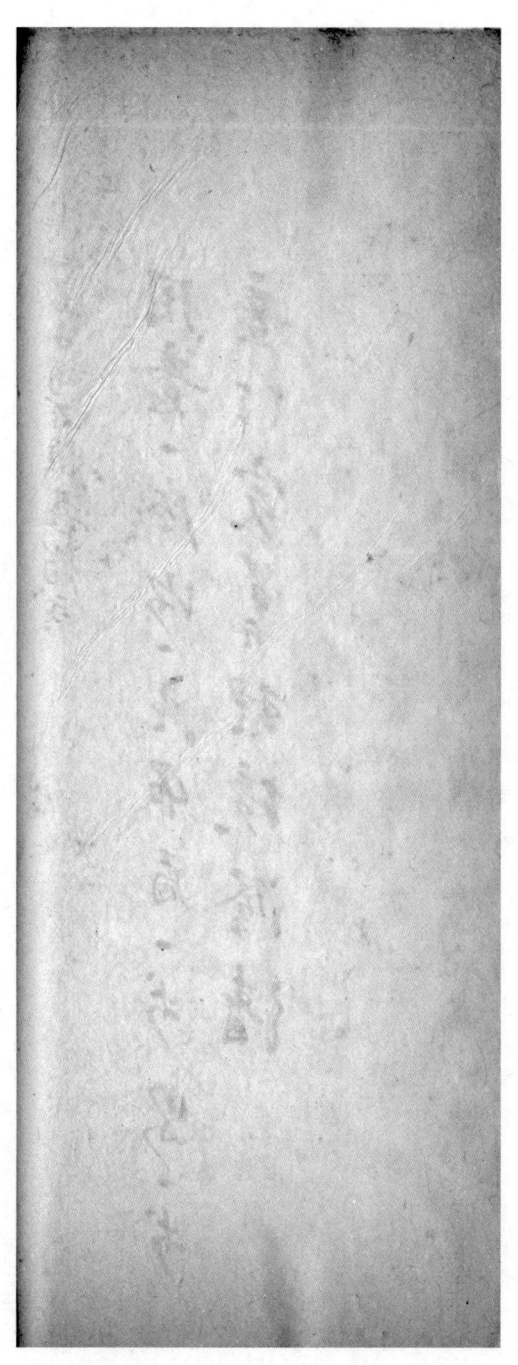

君子而時中

中必協於時所以為君子者可見矣夫君子固無不中者也然必隨時以處焉則所以為君子者不益可見歟且君子之心固主一中以應萬變者也然而至一之際不一存焉惟因事制宜隨在審其至當物來順應未嘗設以成心觀會通以行典禮所謂神而明之存乎其人不虛矣焉念君子之中庸今夫中豈人所難哉原其性之所由賦要其歸莫

不受中以生順則者即在不識不覺也雖意已然之陳說究
未明未然之變通則百姓之日用不知不足之語當躬之誠
履也湘方發之所由與古帝王莫不建中以治會極者所
貴無偏無黨也存中大同之表準必由於宥密之存心
則行世之訓行囿外要必歸聖指之義咸也是中也而必
協乎時焉非君子孰能與於此時則在於知之明任以久遠之
不一其遭也地氣而中亦兼居之者貴抄合焉而要不窮

以私念參也隨時以周旋衷無偏是因時而裁制鑑古清
明備非察識既精而何以徵左右咸宜耶夫人固有同然一
事而行於古昔是為中行於今日必損益而得其中者且
法古人生於今々人復於古有不棄其中者則以時之轉移
為之也而志氣以神非君子其能不移於所往哉時則貴
乎處之當朝野士人之不一其位也境殊而中亦殊居之者
貴意合其而要不容以輕心出也順時以推移待時而後動

及時而趨副藝則有功備然步趨有素而後以能乘機哉
耶夫六國有同然一人而處乎安常見為中處乎危難
必權宜以濟在中者且有安而不忘危存而不忘亡求安乃是
得乎中者又皆時之權變措之道而動寧皆中然君子之孰
能從心而不踰哉是故揖讓而賡歌征誅而戮力時之治
亂不同而禪繼出矣為禪為中繼亦為中殊謂殊途
而不歸一致飢溺奉中天之績箪瓢安陋巷之居時之

用舍不同而憂樂亦有焉憂爲中樂亦爲中孰謂易
地之不必皆然是則所謂時中是以所謂君子與而小人反
是已

詞義通暢章法步驟亦極合

故君子居易以俟命

惟君子能安命居易以俟之而已夫所謂易者素位而居以俟
命其不能如何可知非其已無怨之君子而能如是乎此人生莫知
對題兼朗不有可安之境即莫知有可聽之天因其可安者安之詎
肯思遷於見異因其可聽者聽之不啻踐釋而矜所惟

二語扼出以安知安之者深信其聽之者順故和其當然待其應然而不
收得惟意妙極曲成也豈無人不得見君子之素位而行其已無怨兒

君子之不願乎外者亦素位焉而居也自得即焉居之易也
而何以怨尤俱泯也又曰聽有命焉而已惟然更可推之
故於君子知命不在乎居之外居而在即命而在也君子當
命當焉焉在我故以素位而行者為所當為而不徒委
心以任運命非域於居之中居有定而命無定也君子知
命當任焉在知故以不願乎外者讓所當讓而不必先事
而豫圖矣又曰俟命已耳居易以俟命已耳不居易則

豈以俟命而順受其正，不俟命更何從？居易而安土不遷，故
君子因其可安者安之，而艱也難也，難安之境，其窮通得喪
人之莫出其範者，境之所遇不同耳。君子第安其境而已。
逆而訴居之利鈍，例以而居自副乎易，爲居於境之順而
通之而不敢喜，大行之加，居於境之逆而窮之喪不畏，
形之窮居之損，極所居之蓄變，總不外易之指歸，而獨立
不容以惑，識因其可聽者聽之，而人生其非聽之天，其禍

福吉凶人之難計至利害天之所畀若殊耳君子第聽
之命而已知不較得之短長何如而後適安乎命而命定
於天之福係而福乃吉初未動必深之念命稟於天之
獨趨而禍乃凶之不形猶獸之穿任其命之屢遷總以俟
端至趨向而寤寐絕無所經營但使居一時俟又一時其
間都暫而像都常穫有所求之是也若雖乃可以後身
焉然而敢魂魄偶然之寄托而惱君子即周以為偽而

不知而情爲定无志於富貴貧賤之中則永无留於富
貴貧賤之論方要无心於久道敢生其厭於淺嘗抑
諒易爲一地命又爲一地是易在此而命在彼獨有願知
之心也矣孰不可以坦途視者而敢冀其或然之遇際乎
惟君子知易之爲命而不知而地爲之立无身於夷狄患難
之處則安无適於夷狄患難之地第覺无有所容其
任无情所或爲而小人反是焉

一讀明棄入彀親切不膚

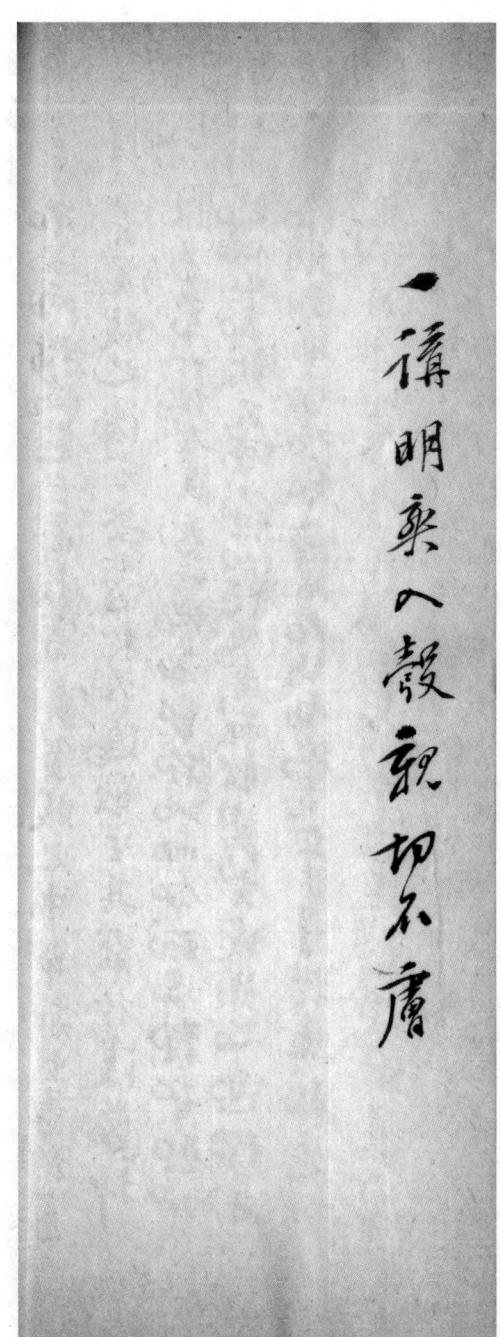

一氣摶控
警悍異常

故天之生物必因其材而篤焉

物各有材生之者必因之也夫物莫不生於天而材則非天之所强故篤之者雖生之而必因之耳且知所生物爲必是天者物之所憑依者也不知物生於天有定而物所以自爲生者無定物所以自爲生者隨無定而知因物之生以生之者亦無定之物其權仍不操之天而操之物甚哉其所憑依何其而自爲之也爲大孝而至其必得其祿說者曰此天力也此不可必得而保得焉

二比清順

者也。果爾，則試以物論，以天之重物論，謂大而無私者天，然後

不以物論，而徒以天之不私物者論，則無不私一物者，幾於無

不外矣。物無謂有識誠，安見天之燭照獨明也。夫謂公而

無私者天也，然後不以物論，而徒以天之不私物者論，則無不

私一物者矣，然於無不私於物，無謂有量相償，安在天之毫

髮不爽也。蓋物之各有材也，若豈天之所能為何哉。材成乎

摩盪顯神

物而非成於天，不能以相強。然而之內，品類繁蕪，舉所謂

渾灝流轉

相引益深者，一任乎物之所自至，而相與忘之，中材歸於天，而仍伺於物，反得而自專。氣質之中，學受毀焉，舉所謂有加無已者，一聽乎物之所自擬，而相爲業爲之表襮大。

因字不滑過

造乎造弟，完乎自然之真，物自作而天乃因，直據在

篤字着力

勞以侍致化工無功，不意乎所安之趣，物有基而天乃篤，固之神，仰畀之功，是則所謂因也，是則所謂因乎材而篤焉者也。物必先伏乎機，而後機之動於天者相試焉，而輒操

未朗

機在物，機在天也。試思物之材未至萬全者，何從遁機以導
采從芸林蓄廣之中，而若不勝瞻顧，遲物之意惟恐輟
輟予以萬難，不能不審其精之隱。天不得而代為謀，則
萬之際，因天之不能預為計也，以是為因物以付，若已氣物
必先蓄其勢，而後執勢之府於天者，為響應而於應執勢在
天，仍在物也。試思物之材未見萬之者，何從乘勢而加以采
從長養滋生之內，而若隱示以時節，重之思惟，天自既

壽而因於物即是壽而必於物者天且不能自主權則因
於天者物又安能彌壽陋也以是壽惟天無私而已矣雖然
生機試觀栽培傾覆之理乎

一讀家禮勝場餘為崔之清談　沈念農師

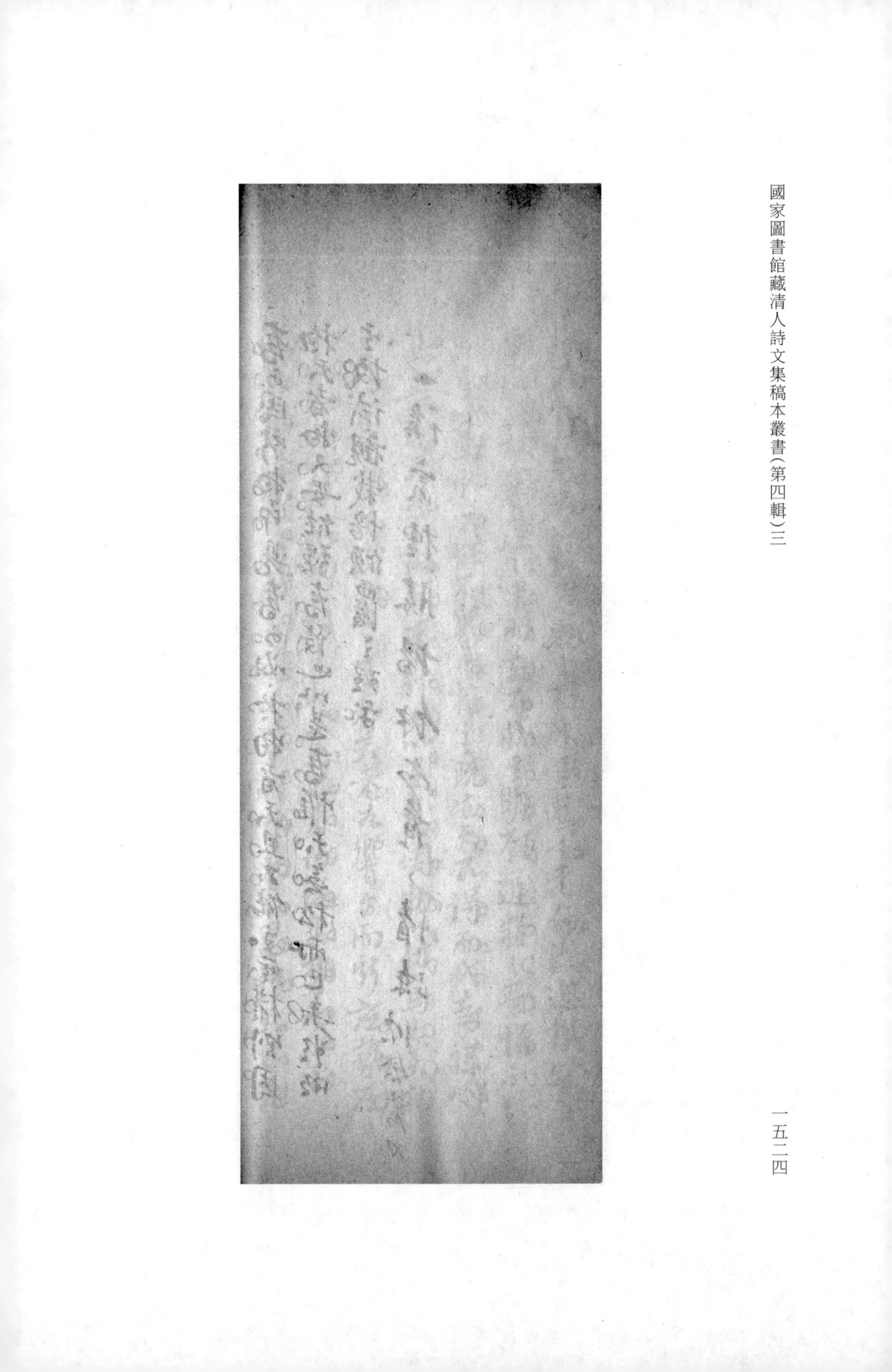

文武之政布在方策

政自有在體人進魯於周焉夫文武往矣而政猶布於方策也子特詳其所在非所以進哀公歟且夫緣文謨者何以知其克顯稱武烈者何以安見其丕承何嘗不嘆文武雖往而文武之政未嘗墜地也識其大而識其小人事得諸見聞記其事而記其言書可傳諸永久某常緬思古治而西周之盛溯於披覽之間者多矣君將行政乎

擒在字經餘

收得穩

批劉語

古政公唯在法文武而已然而文武柔安在哉下堂觀筵
而後夷昭遂以衰微而文武之路不啻漸歸湮沒矣況
以宗邦之舊於濡祖業於既衰則之紀之綱何從紹先
慕而守創垂之餘則東遷易世矣乎桓得歸潮弱而
文武之路不啻日就淪胥矣況以衰世之偉於推玉綱于
翻此在字稚飭
巳太和則有典有則湖海考古制而追彝鎬之遺緒者文
再接一層發議武之路柔安在哉乃躬慕祖考宗祧之獻典惟知明時

軫樓學

歲月以傳長而政之小而布於簡者渾將以當年之規模保萬世以則傚之治理功之燦陳且亦社稷山川而傳永而政之大而布於牘者直將以一朝之形制考列國而遵循在而能然是乎蓋文武之政布在方策以久矣訓典以垂後人者神聰之精神常行於數百年之內而祖宗之朝廷於奕葉以爲似不相涉乎倘使文武遠而政亦與之俱遠則古昔云邈安在後之人卒由不違哉不知我朝當

開創之始暨諸名將顯赫之臣咸擅文章莫不鋪寫揄揚以黼黻一朝之隆盛凡政之行於宮庭者盡以傳於簡冊也雖殘篇僅有留遺故府名藏缺佚而遺聞而考桓下之編觀耿光而揚大烈穆然見我周之所以王爲郭非布之者之流傳業既創統緒以貽子孫者一家之傳述直范乎千百國而遠垂子孫之世至吉開代三亞名於隋甚遠耶倘使文武沒而政名亡之俱泯則載籍

已遷安在後之人贊承無替乎不知我公被命作之末
揚鴻徽先王之德容禮樂淵嗣之模楷亦顯揚熙烱
咸光照一代之文明化政之蓍蔡似聖者莫不臨諸記載
也雖外風涵而之儀物則禮掌疆之久然而薈蔚而
觀太史之書迪前光而詒後世睨然見我公之所以聰明
號稱於之者之色莘麻遺郭此政之所有在也而行之則
在定人矣

前中步驟多詳思議親切有
老成風度

五者天下之達道也

聖人申言夫五者知達道之有在矣夫五者人〻之大倫也而天下之達道〻能外是乎夫子所以申言之且夫世有人所之道知無人所之道則知聖道所之人矣知其理顯於倫常日用之中其事著於物我周旋之際爲乃人之所應即爲私萬人〻知道所循爲久矣夫孰識孰失者之莫不由〻也有君臣父子夫婦昆弟朋友五者今夫五者〻行於天下也久矣載其元首而翼股肱道在君臣而爲

子秩然也侍几杖而紹箕裘道在父子而庭闈藹然也御琴
瑟而執巾櫛道存夫婦而伉儷翕然也以至吹壎吹篪行
昆弟之道而怡可與同術同方居朋友之道而雍可家也
若此者豈强人以所不必爲而範人以所不能越者哉誠以日用
不知而顯者自莫離焉耳是則所謂道也是則所謂達道也
然吾竊慨於今之世矣蓋嘗有恣意妄行而迷惑於正
誼者矣勢相傾而機相軋日馳驟於利祿之途以自[illegible]室

帶三字使照本題

點到達意

莫余皇都安宮範以池遍抑又有旁趨曲徑而沉溺於
美端者有入者至而出者物日求索於嚚之域以自喪至
和和偏者安陶宮邍輒竊嗟是皆道之所道非吾所謂
道也而獨未審夫達道也達順有亘古不易之勢則自風
會日開帝叶王降幾經歷指之經營而至者獨操今昔
以濟和浩者隆潤莫別也由於昔日者是道行於今日者
亦是萬世有抗格而不通者私智穿鑿不隨而紛鑿

穆爲蕩爲和共識纏除之有準後係周行者曰此萬世無
弊之道也而彌綸愈廣矣遠則有弊無共由之論爲自然化
陰隱耳濡目濡漸陵陵淫之充塞而五者獨爲天壤之常
昭垣者際遠不判也修之一身者是道旋諸四海者亦是
道豈有顯疏而或間者哉有曲有則和以前論之皆彊豈
陵並偏一皆淪壓之可發使並立論者曰此自轉而存之
並也而範圍不立矣能而出之於萬者輒曰五者庸行耶

鶩

不知日用之恒，可謂至極於賢關聖域，而學之所以達也。然而世之務遠者，輒曰五者近事耳，不知富庶之隆，盛至遠極而遠，公卿至，道之所以達也。五者天下之達道也。

饒有清思

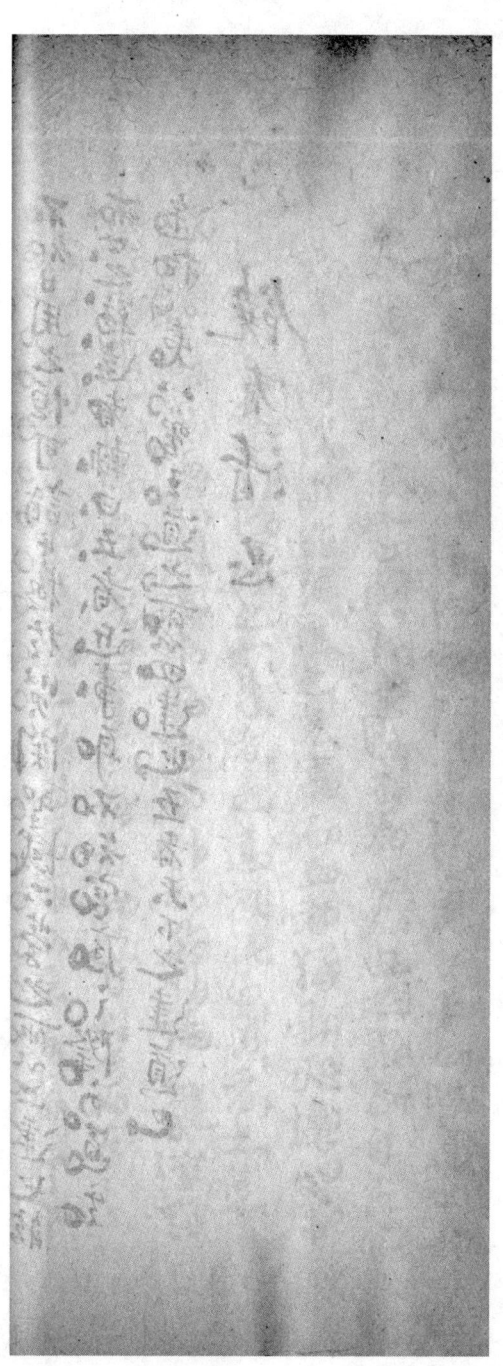

及其成功一也

功及其成更無不一之患矣夫功而未成安利勉固不能一並豈終
於不一哉人亦求底於成功也而且人之道修於道也要亦有淺
深之異耳豈可混而同之哉雖然知禍知禍害害知即知修之知
同亦合乎道之本同而遂至於無不同正不得執淺深之見自
域於其間也若安行利行與勉行之行也即其功也功隨人而亦勁
其有安有安之功有利有利之功勉更有勉之功或易或難固過

出功字有
句法
能功字爛

字仍跟上文說入詳贊清刪可喜

此段反跌成字序次井然

不相屬也功隨境而互呈之趣安之功與利殊利之功與勉殊勉之功更與安利殊得尺得寸又爲不相謀也蓋是則功之亦可喜一也且甚哉吾思之此蓋循之所自然功在智而智矯和而和詐之所實然功在仁而仁矯未備鼓之而正然功在勇而勇矯未全於是致力者既不一之程獲心者復不一之係雖然祇此遠道猶不禁之同歸而殊途者豈有他哉亦以自功未成則繁反覆以爲路者在於道而漸化之機日有就月有將進而聽之

遂渾合乎大中之歸而偏者悉正及其以至於醇而豪者守廉道而濟
於其驕矜必磨污必滌容而體之遂曲當乎至廉之極而從者
前醇其則所謂成功也其功而成也嘗推有安而勉之分哉同
一域也而思有以至其域則功自此起有一識即至者有步趨乎而
格至者有踴躍奔赴若不能至而終至者隨至而矣功以不限而同
於操得者固不見為前條御者名不一而於渙然皆之律同哉
蓋域本一而至其域者不容不一也同一量也而思有以滿其量則

功自此施亦一若印滿者亦挹注而後滿者亦銖積而累者
不可滿而終滿者既滿矣功以不虧而成矣有餘者固若而乎
溢不足者亦不患其虧此豈尋常之法合哉蓋量本一而滿其量
者遂不得不一也發其成功一也豈不因功未成而輒退然自阻
哉

大段當是處於亦不錯　項梅侶師

親親則諸父昆弟不怨

聖人第言親親之效不怨則又怨矣夫諸父昆弟皆親也則親親之
不容緩矣不怨之效不又在親親哉且自公族親以寵偏而諱蔽
之不能充宗者何膝跣哉而要非公族之過也人君以崇高之勢
陽於宗族之親則外陽而情疎如義疎而恩薄上而瀆況矣
又安知禁忌不宜相為瘉也若修身尊賢既爲徵之效矣試進
而論諸親親夫親者誰諸父昆弟也親之者誰君也雖然親親豈易

於入上載石
南經義可觀
再翻兩股
虞字得勢

言哉世偏則仇釁易開世隆則猜插易啓古人於九族之
睦有難於百桂之芋章者是望諸父昆弟之談不少親哉
如如宛裕節之仰詠廢已蕊歸葛藟之庇尋斧旋柩果子蔭
公室務和吾宗猶枝葉先蔭和將不蕢懇溯彥知衆而況乎
宗有吾拳公吾之命釁隙日甚方庸寵極而譎知安禁和命
小忿而隨難親也肆几杖而徒久難為洽比樹壇蕪而賓
味誰為歡命醉醄之藤插異和獨御忍之篤和嘗不嘆

讀

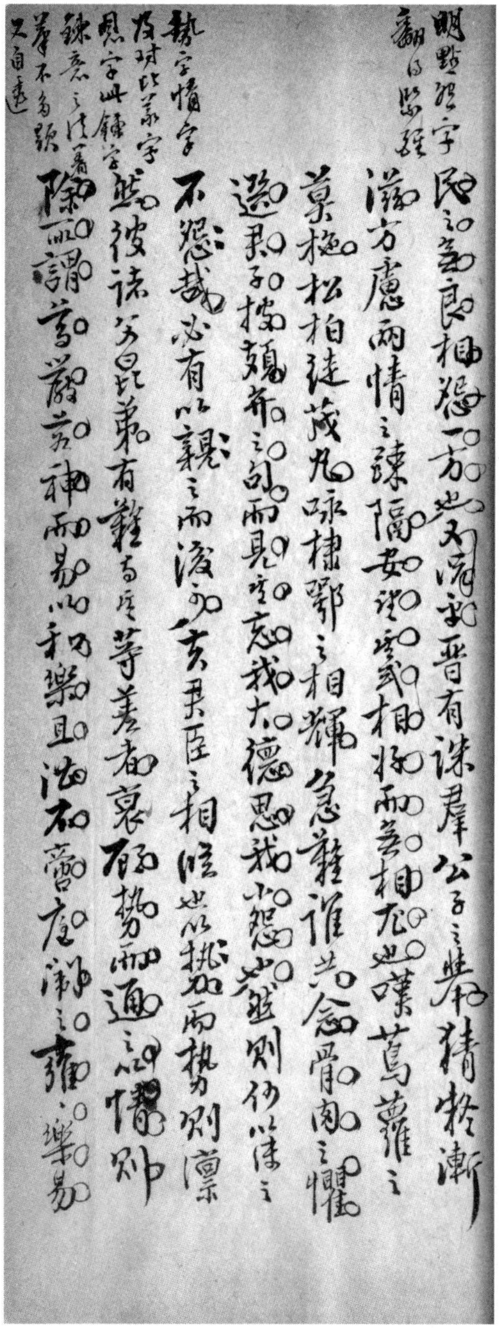

氣而隆盛乾餘之堯凡遂矣禮壽考之福雍雍翰翰域之福有
御物依感相關者而息相以彰其耶一本君臣之相需也以義而
義則儀然誦詩父昆弟有辭焉守和宴也臣義而衛之以慰
則物而謂和感隱見而進以神百物和氣不失一堂之愉之和悅
氣儀遡歌舞飲食偶肥胖遂彼豐而嚐酒館酒之
和御物和大具之廣者知所節激生能舉耶君祭也則其矣親
者所以重者親也其重完諸　友正四股巾　有書卷自識論雅
近書行

襯貼大方

忠信重祿所以勸士也

有所以厚其士者而士乃勸矣夫忠信重祿皆所以厚夫士也二端
既得而勸士之道豈外是哉且夫上下交而其志通者泰是也高
節大而以養賢者卑是也古聖王所以崇碩輔而卹播以厚辟
上蓋不異以心安能使人之為要其心不恤其身安能使人之不愛其
身故論辭群臣之事其所以視衆人者一體吾慨然想見古之
遺風焉試由蘇未臣之事進之之令亦思士果何如者哉市井

艸蒂惜乎謂之名田履濤飄騰撡節斧而日為云托依而未
遂者多論已路未適可縮方釋褐以登朝三釜章邀多第
茲而妻贄云交又甚薄也云倖前甚薄也出則與從蕭將
感靡譯入路門庭闌寂撓以居之將御以爲情手亦以自謀
翻契乘閒之交愛至薄之傳而重以不可思之情之懷物畏罪而不至二
三不德者吾恐休不獲一矣然則非有以勸之不可而所以勸者
奈何將慮之交譯也而所以勸之者莫若忠信我思之於國

人心一心可孚於億兆，挌於軍衆，同心且及於三軍。獄在庭，故室。讀遂禮聯先動，曰爾廣忠動職，無義爾心也。營不驕而善。不偷勝心勝德，憬然知其志士也。來自田間，方慮天威震龍，而徹長薄技，不足以上結主知，而不意措誠相示者，直有腹肱焉。累心膠乎數千城乎寡之恩乎，以心者爲其心，謹不謂智乎。能以根其上也，不時者堂上百里，堂下千里，萬里之間總已甚。動而謂謁之謂勸猶攝然，一人也，豈其能哉，而慮其傳言也，而

所以勸之者莫如重祿我思詔稽有德而匪頒擢且必加卿
富有典而賜予兼優有加寵在官者而猶以微賤遺也先
動曰舉為言家常宦勤恤務家也念之銘而擾之繁予恥
予求不出瑕舉哉如也初登仕版方慮上帝甚神而緩屢蹇
且寵亦第自安素願初不意拜賜有加者直若上蒼福祿何
速予細察反思教之極養生身者強生身孰不畏勉持循
以相從事也不猶者寧人交謫寧人交摧我心之殷憂莫極

勤而使惰者勵事之為也豈所宜哉知士所以勸而體群

臣之道曰勤

前蹤多乘陰霧兩股不周意

時合

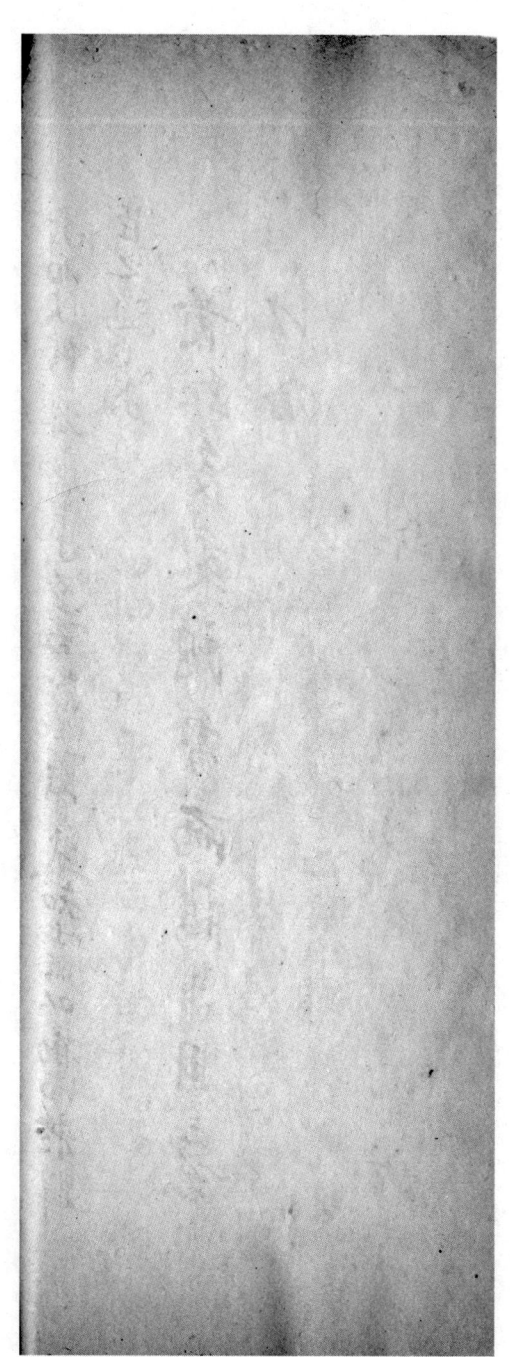

不信乎朋友不獲乎上矣

不能獲乎上者知其未信於朋友矣夫朋友而恃以獲上者也此之不信而將何以獲上乎且夫名譽不彰由友之罪也則欲得於上者不可不先得於友矣倘使取懷相与不能爲友之所寡則相率以儕何從爲上之所識是故友之所不爲彰寡哉之莫以聞於友相提而論者名譽之跡以和彰其罪則有在也若治民不獲上而獲上豈世道乎上則其

收筆婉曲

從龍上爰跌情甚疏者而聲氣親之無隔膜而難通矣以平陰冀北

郡朋友詞意
清真字不明
有取懷相與者比而合之則情之難通即勢知之難執

也上則其勢甚遠者而聲氣近之則澗隔以相接矣立能

居嵩能有相率以偕者引而前之則勢之相接即勢知

二比以信友
之相勝也是有朋友之誼能龍上者亦當據以上不知所用

遠出龍上節
韻音長宜交
友之知為獨執至而求而傾心鶴和風雨而託意難鳴

親切
其名行之相得益彰者直如鸞和而鳴之氣象為一時

之知泰山未遇而風友之器者獨先道故而胡君班荊
相語而胡君傾蓋云衷懷之契合豈問者直抑換耶
寔同心之詠於公廷一德之遭則獲上之必先信友也於
頓筆挂接
義而豈非不然者何哉天下惟秋於夕朝者乃能識乎
生之德契而相與稱揚交臨關與宴友豈寵久者乎備
述素稱莫逆乃知面而不知心謬附同義徒交情之
切
於入不信欺與支態則難群居終日曾無搜肺見肝之一時久知

二語絕合爲不信不獲關鍵股中得此便有精神

要在乎能信乎友久者且能信於同儕之侶暫者豈能取獲於立談之間由是要約不信於同盟不獲已往之義稱矣學術不信於賢達不獲當前之汲引矣治術不信於鄉黨不獲賜桑之蔭揚矣乃嘆今之難於際會者實由於向之未達於惆悵也而可不相孚於久哉人情唯同此懷抱者乃能泯臭味之差池而歸相推陵其氣誼相接友于寵切者乃備深式穀不肯詭己

雖云有譖。攣乎誰。故易則未下中孚。則雖攜手同
行。曾無引繩批根之一隙。切不可從。說信者。而穴切者且
未信。而相負。於同堂則兩隔矣。安能取獲而相逢於破
格。由是諫議不足以取信。不獲以有事。獻言閱矣。未能不足
以取信。不獲以有為上達矣。此節操不足以取信。不獲以
有守。上閱矣。陳乃嘆向之諛言投贈者。今而皆贊諸實踐
虚也。而實不相關至切哉。試進論信友之道

何以獲工必先結友處中相關之故能見得
先後句唱便是惟擠此文説服氣親疎
遠近詮次二比就知過説後用久歡兩意
觀字錯落不如改正切字較穩及正開合
議論一氣相生皆能於相關處透出所以
然故親切不膚

果能此道矣

能致困勉之道者，皆能固之思矣，亦此道也，即已百已千之道也，特
恐不能耳。果能為是，不可進思，皆能乎。且世之憚於自任者，雖知
倍之功且懦，亦以不能自阻，况百倍之功哉。雖然，德特不自任者
能耳。不自任為能而皆能屈，一自任為能而皆能佛，則日進於德
雖難，雖有所不畏者，此功殊大，可思矣。諸人一己百，人十己千。皆
功措為此，果此道哉，此道為困心衡慮之道，能可稽又可考

如定能字而工文意亦在其中

此二字當二字爲

亦甚好

此頂此々心
起筆佳

唯恐吾學之或荒廢而究之殊不厭其煩則精苦而深悟者
莫如此道此道為强勉加過之道日有就月有將惟恐吾行

一重打此々
語法

之難成而瞻之彌不植其偏則述過而深造者莫如此道則

出處轉折挺
法

甚矣此道之要也然而能之者鮮矣歸論不能一不能十者於
此道為無望也即使勉强焉之後無所加勉强焉・之餘無
所益人則不難遂獲已終無以告成而此道之積累見功者也
於昔輯而不能久矣論僅能僅能十者其此道尚相望也即使

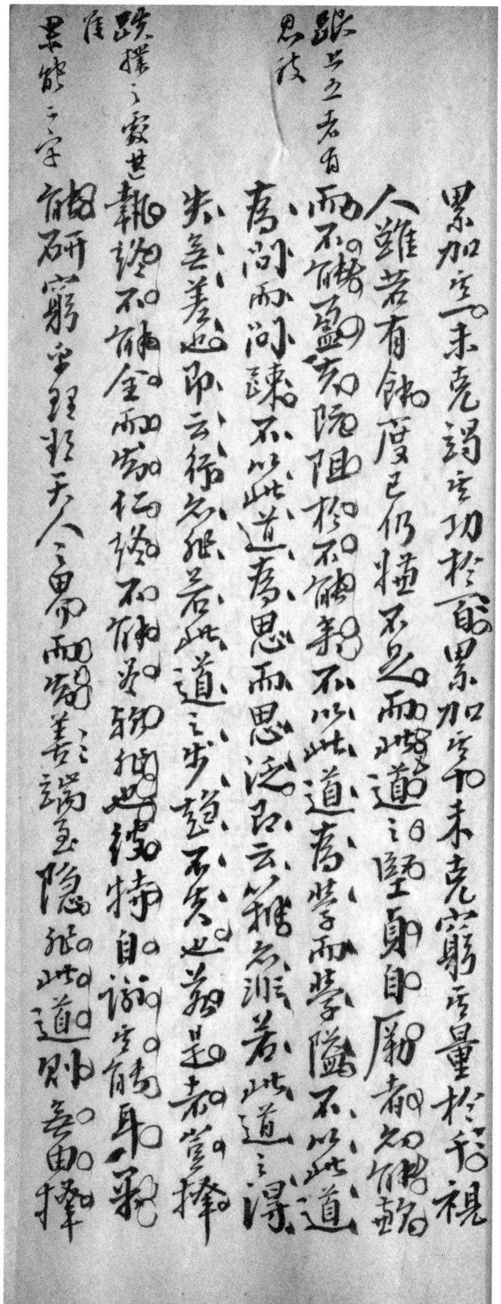

累加之之未竟竭之功於前，累加之而未竟窮之量於後，視
人雖若有餘，度己仍猶不足之，而此道之所以堅勇自勵者，知能
而不能盡知險阻於不能者，不以此道爲學而學隘，不以此道
爲問而問疎，不以此道爲思而思泛，即云雜而泛，若此道之得
失，差善邊，即云得而繼，若此道之步趨，不爲止，若此是者而嘗擇
執德不能全而執德不能恒，執德拘也，持自誠之能身之
能研窮乎經於天人之奧而善之端至隱，然此道則無由擇

跋此之者有思致

跋擇之發其

復

累能之字

出日格錄

也檢點澄心渺慮以求至善之歸涉淺矣更能大悟是

表矣更能識禮雖言思已竭雪神圓百務而不回則庶幾

靜精於此道者不可謂不多采精從事於倫常日用之間

謂之善行雖全非此道則氣血離也檢點竭力當功以詣至

善之實謹大矣深維持細守備矣深維殷全難施苦難

常之能自一誠而不變則所為盡端和此道者不加福而勤

雖奮勇獨前之際未敢必功之有成而身心交瘁之餘自

可見敎之有矜系俳此道之意雖是藥而必明弘也吾務爲

商法甚是此外入門要著

琢梅侍師

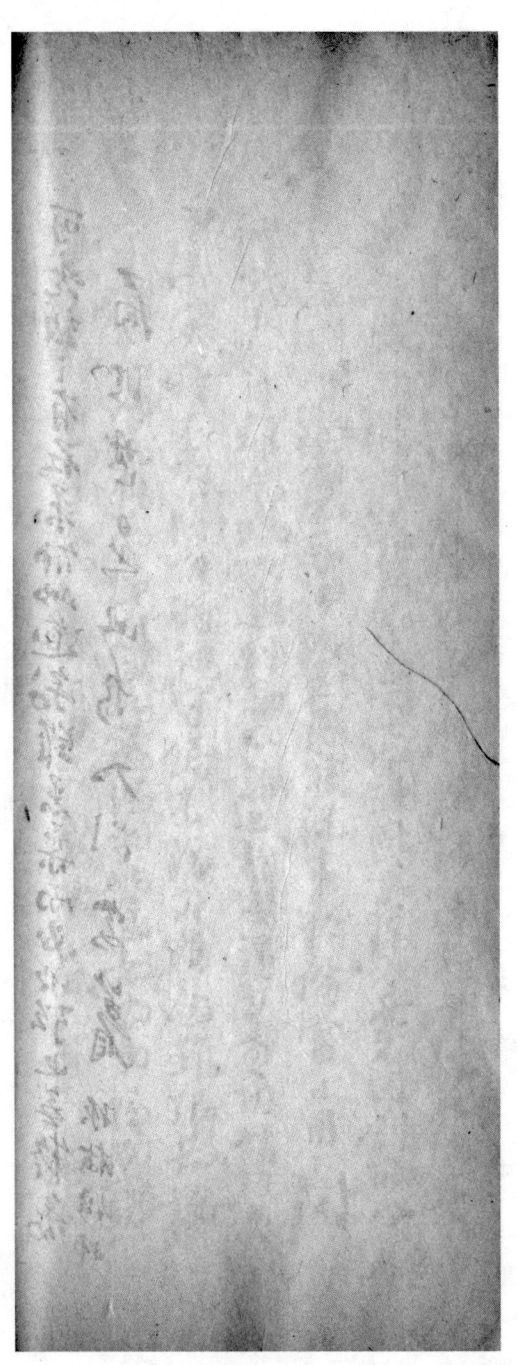

今用之吾從周

聖人申從周之義以爲今用之也苟非今用之則杞宋雖存而夏殷難
從也唯周不然予所以從之歟且一王更起而必創垂之模神常作而
斟酌百年之間抑損要乎古而實重乎至今也蓋有以隆一朝之典則
而示以率由乃有以定一代之心思而端其趨向儒者不獲躬際休明
而篤王之道式王之度誦王之言揆而與天下同其率循而況吾嘗
學周禮已知周固監於二代者也一時爰倫要歸於近在先知其是

章摘字詞是句篇疏者多偏多覺越數百年而遂至撫然也今所謂汝之
得勢
風雅已亡而朝野上下固程是官禮之規者也雖王風降於列
國而謳歌詩隱猶以撫王章以指賦強為財三百篇之典禮猶
存稽始是當日之遺今則顛墜之謨烈程於是文物義以固不
改以堂之制作也雖霸者漸修更張而責賦御取猶以和周
制以施論盟主則十五國之意猶如切煬然大一統之規至用之也
中循以至者歎
湖翻調一作次
今固不殊乎昔矣當斯時也惟有賢王崛起方且議定偏而救

（比以前興之）其數而或損或益何難新一代之法制而立家隆不能即行至

（君相合行着）典禮儀文靡而理至隆而不忽不忘不過守先世之典型而循

（吾以有勢）至精而吾也生周之世爲周之民布衣而羞菲而生麻冕議其

禮體輅章至度而時者宜文且酌於古者所不拘而求當而自

今言之愚一人之見而悖天下之從某不敢是之思也惟從其而三

（按切三項）撮百禮禮節以周之威儀五物九就度量以周之服命三讓二

（詞氣天昌）典文書以周之形氣蓋爲萬方之依同已爲一己之趨向由今日而

緬想隆周服教畏神之日何嘗岐陽鐘鼓鎬京文物之休明
典謨而誦雅頌百代議禮而漢據尚書質制度而軒轅虞舜名書
文而雲紀鳥紀龍紀雲和之古者至不知其和之爛陶而自吾思之因
將古之稱而失從今之義某不若是之專也惟從事而識華不忘
告朔之禮犧牲乘馬而細軍之盛協家軍備務徭而起
象之文俯踐薦天下偶在皇極之中不敢求乎其之所由今
日而追隨左右沐浴咏歌之餘又豈若夜餘僅在殿貴遺備

惜之武微哉。是以刪詩首二南，以周之始化尚用夏令，而猶存邶鄘
鼓，不以外周。魯、衛業已先降書，秦亦以周之正朔尚夏令，
而不正建寅，不以為周正，書元之例，此夫子之意，不可信也。

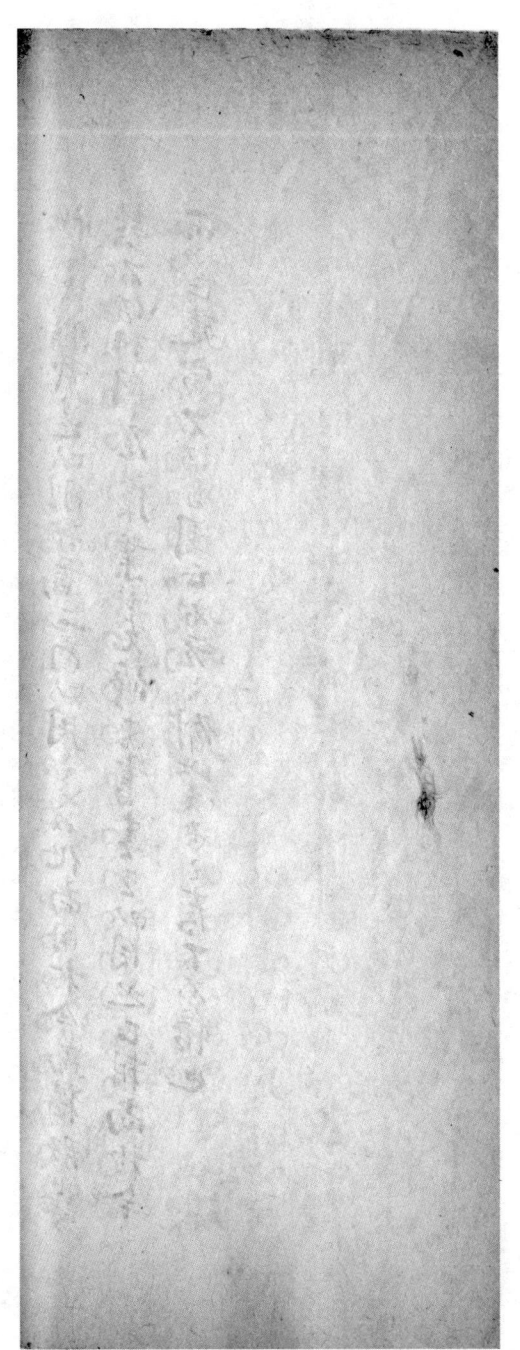

遠之則有望近之則不厭

即遠近以觀君子之得人心者深矣夫曰有望曰不厭特遠近之不同耳而君子之得人心不可由此以觀乎此一至遠極而加會陶望然有象物遠近親碩向慕而生極殊倚則未御御被各很悅順而深於節坍則未能即領而備雖不於遠近矣

藹然大方

至治而未嘗不可於遠近論至治吾甚懽攘者皆在皇極之中而會陶於不覺也若天下流法君子之德而服君子之言行

於宇間豈無遠近之分哉王者不勤遠略而偏懷遐陬惟以
地居蓋洒而正相承物至朝御留探擇而發嘉而御物中
夏則人遠而益知其之傳遠矣君子曰古之爲政者莫不來
享莫不來王即至於航海梯山景聖人而重九譯之見象備
遠者而豈以動寰瀛向義何不風氣自南耶於是發一言而
於編於彿得有望於發靈見一統而無步之遠決有望於
陛宇宙自率廬懷柔一身之勤準以待萬物之觀瞻而遠人則綏以
金切

荒徼之區用賓於王而利觀國之光也試觀獒則貢於西
旅雉則獻於越裳而書曰獒亦曰宗炑曰覲其曰述即柳汀
要荒蕃衛而踰山涉川備嘗險若有取足陋窮見之誠
者矣塞遠王宮有事而踰蹴趨之云景仰之思易跂耳

遠字蓋遙

乃限之大川廣谷而隱沒譯以東寄南象而求通則慕義
者窮矣而望可不翊之於遠哉王道不如乎近而奉法承流或
者政令之施有一不足以愜小民之隱見聞而習有一不足以

順萬衆之心則人近而厭之生於安近矣君子曰古之為政者說
以使民說以犯難至堂高廉遠躋公堂而稱萬壽之
能矣備近者而豐以深至愛悅幾何不再三致瀆耶於是令
至而嘗不厭至言而接其揖讓趨步必慎不厭至行而詠以
不敢當因於素之唯冀樂易以近人而陵狎侮於久道而近者且狎之
草茅之身是訕是詬以迎君子之光也試觀桀則放去予來
勞則慰以孔邇至仁於天至智於神就之如日望之如雲耶
親切

樹之百年出世而沐膏訓勤相忘帝力有蕩陶鎔思之
慕都豈越在美國業端而謳歌樂之或感閭之過情耶至
按之耳濡目染之輩而言能推之朝夕少省之間而皆恍
然有懷而已熟而厭可不止之於近哉試進綜詩

兩股中開合頓宕緯有機趣

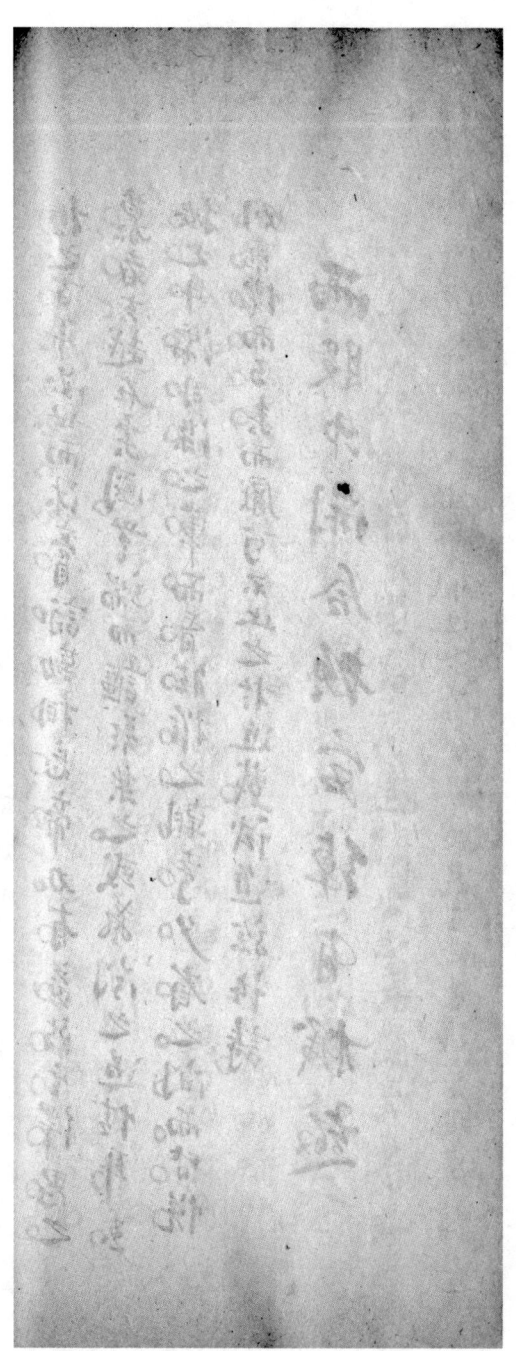

潛雖伏矣亦孔之昭

詩人有惕於昭當無忽此潛矣夫既潛而伏則非昭矣詩人以為孔昭也子思所以有悟詩言歟且夫人藏之心輒自謂不可測度也不知幾雖未形而機則已動機之既動則心固難欺蓋雖閑藏於幽獨無不洞然於懷者之隱微未形著者即灼然甚明者也吾於七月之詩而有感矣夫天下事潛之為伏一境也潛伏之為昭兩境也而詩人兼合兩境為一

片言居要

御批昨字
超絕

境者何哉潛則在於幽而不在於明渺、者微而不顯也機
緘方蘊乎中迹象未形於外而此志之所蓄良難為指視
之睹伏則主於靜而不主於動冥、者蓄而不發也朕兆方萌
於己情實未白於人而此念之所存發於無別白之微是則
言潛則伏、而知、無、始、也明矣而豈密地雖潛、伏無、爲臭
之、可形即有哉迹、遁、未為見顯之著而情則孔昭豈
冥、冥、之內遁而無、機不、暢志、雖、遁熠、照之神雖伏孔昭

真明處
微

詩言豈無謂哉。天下惟不易之易爲獨至。夫曰潛曰伏。孰不
謂其自之無從。不易由表微移而共昧之所者以移微移偏
得悉闇之幽也。且燭照于很。獨揭之秘。較淵鑒于漢。獨
鏡之清。則雖潛而不得爲潛。雖伏而不得爲伏之所以張皇

昭字有此擬

乎幽邃者。即顯而出。往旦而遊衍。有如此皎然不昧者。乎天下

托無見疑處

性不察之察爲最明。夫言伏言潛。孰不謂窺尋之莫即
不易以目觀心。而共眩于目者以心觀心。一人偏得了然於心也。簡

閒今見此思
清

在寸衷揆是毫髮之不爽瞭若指掌固有頃刻之難
逃則雖潛而不露至顯雖伏而不露至著之所以不著於累
黍者即鑒史之耕市貌之撻有異此耿然難乎者言夫
渙之徵於色發於聲人覺之聆而已未必覺之於臨局內之
而以迷於局外然而惟之困於心衡於慮人見其伏而已覓
其伏自燭之而以歸於燭人也其詩言如此之固有感於君子矣
理境澄澈清言雋段竊月爽人心

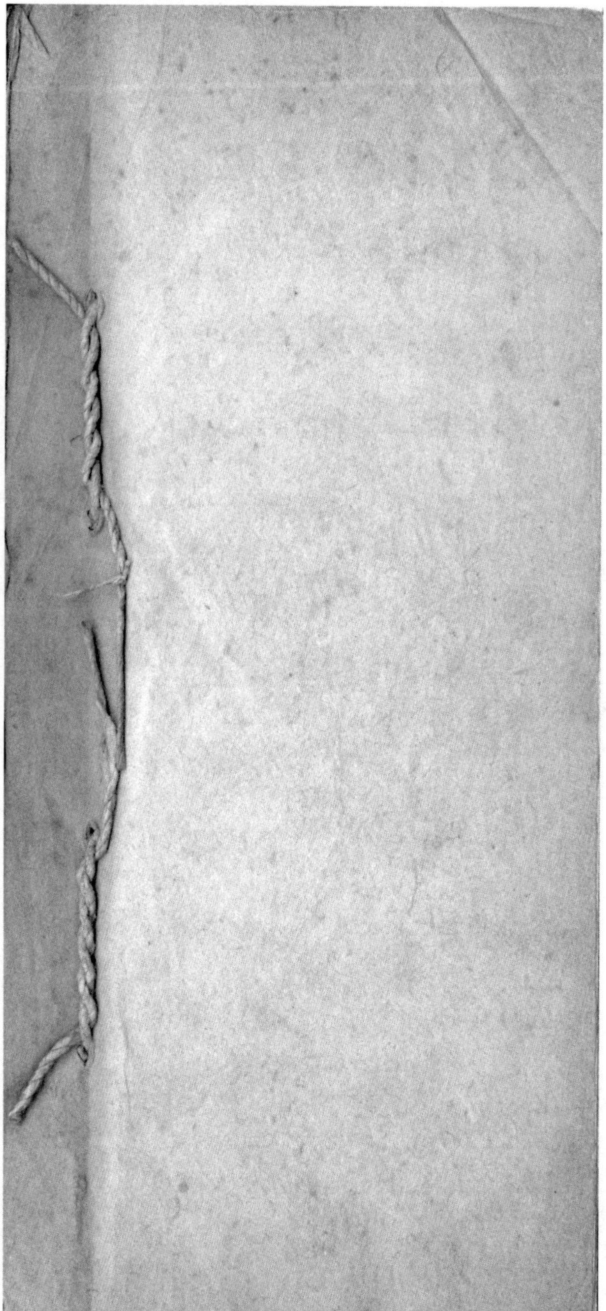

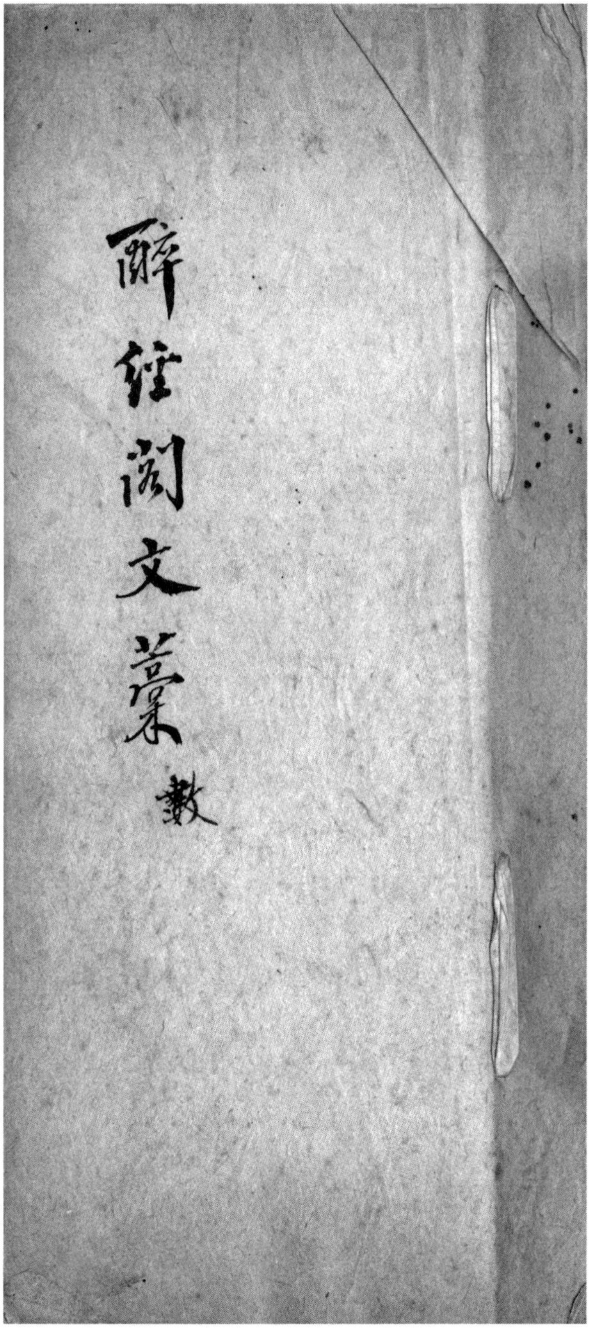
醉經閣文藁
數

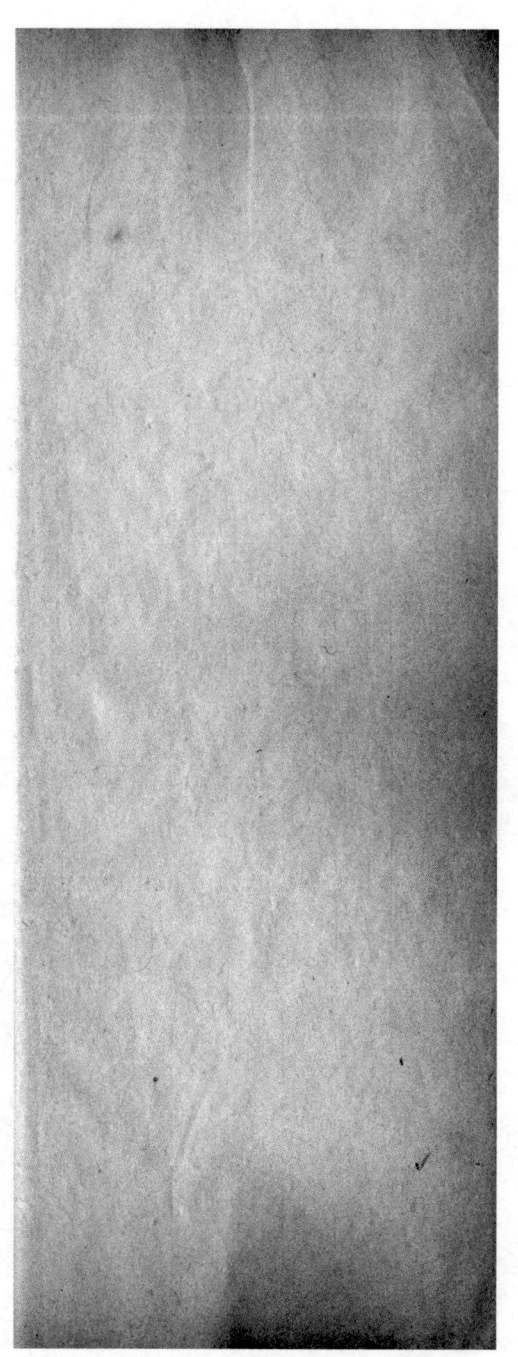

特筆表明

君子哉蘧伯玉

聖人有取於衛大夫而先許以君子焉夫蘧伯玉衛大夫也而以君子見稱子蓋有取焉故先之以君子之名乎且吾嘗思君子不得見而論者每云衛多君子信乎君子不難見矣不知知難一君子於衆君子之中而氣求氣應亦君子第引以從同惟新一君子於衆君子之外而絶類離羣君子且傳焉僅見也若是者得諸衛之蘧伯玉今夫衛何

治國哉。社稷當多事之秋。悍旗強臣擅已。實逼而忠君愛國之君子。能嘆息地之可容。難傳淇澳之餘風。又誰惡實邇之令。獨世族承恬侈之習。受采食邑

題目意甚 旨翻起

志在苟安。而砥節厲行之君子。且嘆屈指之莫助。而孰則知塞淵之心。德孰則勤報國之誠。修吾嘗思其深鄙之志。而縈情懷于北門之賢者。亦誰寡人古

題不題深淮 在以右另改 此意在筆

君子隨遇而安之況方。謂往蹟莫追耶。亦何幸於

先叔石泉家
古往今來之中獨有結納同心而莫逆臭已如蘭知
義室如神介爲似石古然孫素位自得之悅正恩休戚
徐引入步
驗擬度
殆變耶茲獨可於息轍環轍而遊歸想丰標耶
何人哉人第恐相隔以勢而某與諸人則相依甚至者
也舉凡接身涉世皆得控縱多局趨之下默誠室隱
微而目見耳聞世不可先乎乎知己人第恐相聯以情
而諸人與某則相契心者也舉凡寡過知非諸問於

衛素以訊之餘默參消息而循名核實何難品
題於故人君子哉蘧伯玉取爲君子所宜持而伯
玉則終而無失焉去就之分藐然昭著易辨之不得於
打宕生姿
冥者竊誦抑戒之詩所當屋漏不愧矣乃觀於伯
玉不擇色闕必恭見其夙夜匪懈也念思敬修之可
願而先集君子覽彼美者思顧人節更以肆志隱憂
不廢仁人標歸以傷懷不已者仰而傳其概乃幾為

君子所當知而伯玉則幾有獨審焉之幾之審於乎時者寬幾之味於臨事者廻玩豫象之占而當幾出不偽氣乃觀於伯玉正不獨近闕屢出是空深究一轍也適知幾之爲神而言念君子蒙如磨如琢有斐誌義於三章不愧不辱知德允蹈於百年正可爲伯玉寫其心耶小小現伯玉之處其道豈並附和

前題徐徐引入清新流動照下處

皆安放在題句之先故絶不犯也

知者不失人亦不失言

吕人与言以觀知者而見其皆不失焉夫人与言皆不可失者也然能之

者鮮矣子所以想知者乎且自世無知人之哲而語默之間每陸其施

鮮獲一焉以不苟施其爲而既不混施者爲

之所得者當素其惟困乎而或不能言或負乎人而好量之所爲

而知者斯人與言既不遠其分而物皆我如不妄所

所與人者愧於言其有深剔之識有可言於應運之見者信其首

挹已並衡而用其用其宜其辭之人之失人而并失言者何哉人必自揣其成

反觀於其深衡之方而深思之智其在衡其習之勤焉而不費因其人而别白無幽矣

可愛而僅以小知，上可語而子善高論，受其益者不能薦於選舉，

和則相士善據高談詎免舉才之論，人必莫識其品論而遂而論，

世之善品論者，相思而輒接同一言而難施，不能對當口，徒足取辱，

義多設意，成(見)證貴聆其訓者，不能置其閨閣，和則出語示聽，

當深其門，吾之藏，一些則失人也，失言也，皆由於不知其人也。惟知者明

因才而發

審於人之萬有不齊，而不拘一格，施之不人者，權施之與人，

天下有同是一言，一人聞之能與人論之，落落者壞之而造而殊

知呼曾子也

語以一貫，門

人不知何語

也。知者隨其境之高下而稱焉，以施。深者是深，隨不拘人之高卑，安淺近而
淺者是淺。又不知者強為深人而深語高深，而於天下人孰有秘矣，而強深人
孰有隱秘？惟知者量其人而隨輔於人，以階其道，而不知所施之。如量相投，天然一示。發不識等
求其責之文：氣時者，櫛施之。今日天下有同是人，今日言之而啟悟。氣時已之，而
筆下開悟。逐了。識者懷之，所際有漸也。智者隨其境之先後而接引以趣喜質
不可得見。地之道，人治理，然有造者，觀其時之所至，念功修之未遠，而不能悟。
序者時，今日之所能而於今日治矣，以可治矣，而於其時，是以其不可。

而意補出
知其工夫最
義切實

得體矣。是則不失人故也。是則不失人亦不失言故也。是以其格物窮
理而陶鍊於平昔者深矣。夫人情多變，殊難預為計度，乃知其
無不洞悉其精微，故於人而無不難，詆者亦於言而得默然當而
廣其德而量其力，舉一世之智愚賢否胥莫逃其衡鑒，一見即知
必其忠寔，鑒物而審察於臨時者詳。夫人心至隱，誠為不可
測，耶乃知者無不深悉其懷抱，故於人而親疏兼致者，亦於其
而煩簡迥殊，而因其機而見其變，統御咸宜，潛窺萬幽帝業

外此當機之燭照吾安得不懸想知者哉

詞意兼切

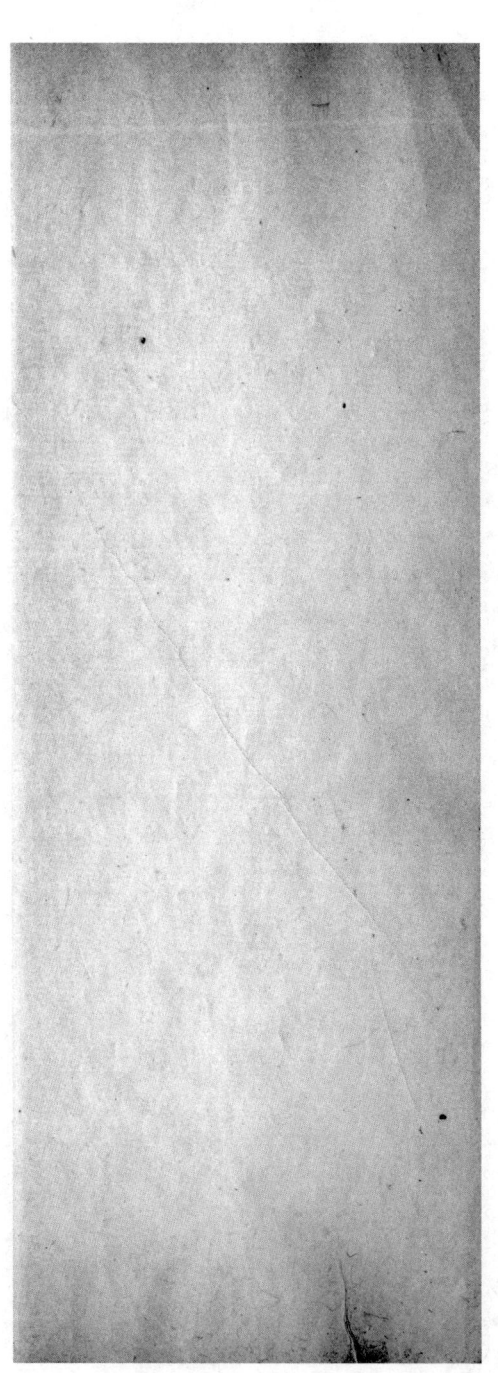

事其大夫之賢者友其士之仁者

仁有借資於人者、事與友宜交資焉、大夫與士亦是邦之人也、事之友之不已得為仁之資乎、且學者好言結納日與大夫士相往和意者擅取資其方之雅和厭學從其所資之為患尤以有所資而不擇之為患滋品衡步謬訛攻錯磋磨雖速尚所資而究與之等所資者為賜居是邦也是邦中不有先我而為仁者乎從來搢

存之業係其義化者稽覈嚴其約束者尤先攷書紀
涉獵典型必資乎先達考覆之功備於闇室者猶講
屬自他山者獨恃於詩歌攻錯觀摩尤藉於同人然
則大夫之士可不事之友之乎事則其勢尊則欽承易
而勿敢或慢於其身納於規矩禮束於形骸舉夙昔
之輕儇浮偽一人嚴憚之懷而俾其心懾也則大夫
固為仁之輔式也友則其誼摯則輔佐易而相与者咸

中間頗似
翻騰而有
波瀾自不
平穩

拉理不雜於抗論善可得諸相觀摩平日之省察克
治一經切磋之益而渙然神怡也則士固爲仁之輔助也
獨是事與友之難也耶有覺同之目標記淸源楚意
篤行之儒名成標榜備德至人而親之則謬附同聲
誠懇愛念博而功愈隱然而事與友之易也人芝蘭之
室善氣相通發風雨之堂神相與共果能擇人而空之
則爲方集益何難乎已而取乎人大夫之賢士之仁小

爲仁之樸訥和謂德信篤則情誼易隔則譖諫之書
攜何者鄉里之交游事固不若友之切矣而不能也夫
爲是邦之楷模則仁之爲能已示意於事之而儀型
惕於目[illegible]視聽繹絡乎藝游渴諸己聆矯輕警惰
證夫國之治矣也何以美夫臣之直與遠瓊之寡过也耶
以欽君子之風安見是邦中若若是之賢德悉備者
和則步亦步而趨亦趨所當事而加親者一誼學樣廣

求爲仁友
閱處切實
疏發諄諄
遠宗

則燕閑易開，朋同類之知，亦不為老成之疎遠矣。又
不為事之誠矣，而不能也。士為是邦之俊彥，則仁之取信
已，强遠於吾友之，而心相契，加而相從，繩愆糾謬，諮諏南生
生比確是
事此比確至
友不能移易
可仰藹，吾君賞，奇拔擢彼魯頌之歌泮水也，多士
濟，周雅之詠棫樸也。吉士雖安，是是邦中，丕為是
之品學兼優者，和則疑而專，而多與稽而質周道者用
知賜寸念請。

原本後比起數語略有理障餘
俱清朗可誦亦分貼兩項請切
不浮雖襲犯不可侵

吳竹巖師

人無遠慮

慮貴乎遠聖人為無之者念為之慮而遠所全乎其慮矣乃
竟有無之者于所念之人欲嘗聞君子之謀也始衷終皆舉
之而後入為之謀而識於始於始衷終然非為為非在謀審矣無
為苟且偷安者不謀始何有於衷不謀衷何有於終強而行
之不知所而入之者猶豫抑何憚用其謀若是也吾竊有慨於今
之人也不可以不立身而身則舂鑿適有難自為持循而惰身

而度之以心則就其出入以相權而去取鑒者多有之人不能以意涉
事而事則皆然有能難於措置者惟事而裁之以理則繞
是非以相較而皆然者多有似然是則非慮不可顧慮
而必計於遠者何哉慮非拘於一時也遠則時濟其變幾
之所至瞻前更宜顧後以言其告往知來如遠者也
時而定其衡該其當慮也果慮非局於一境也遠則境濟
物迹之相參而濟思其變乃可審常相交數而圖其一切宜

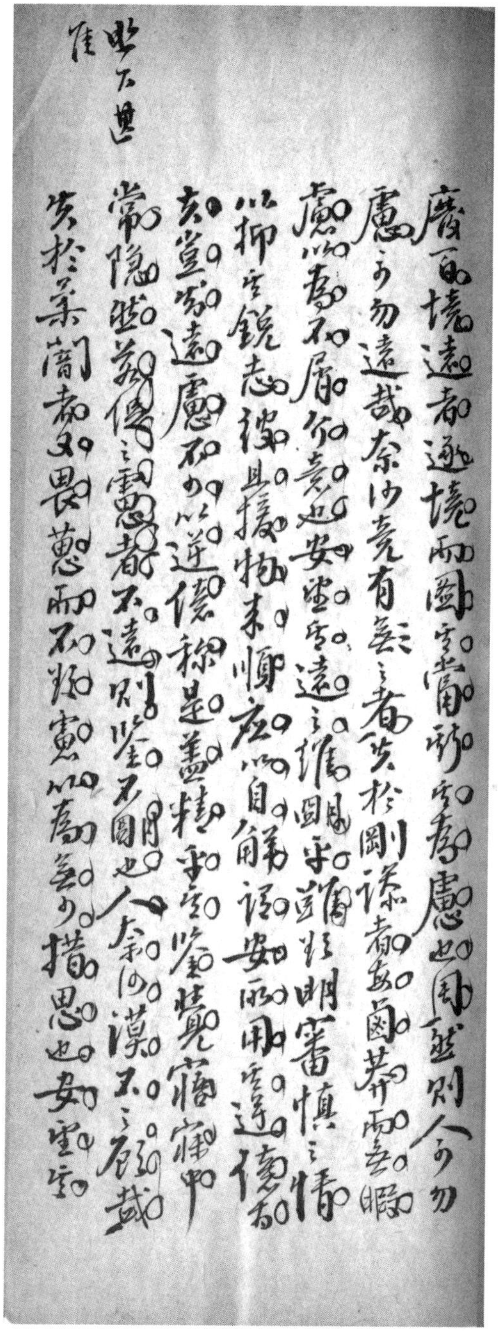

廢百憶遠者逐憶而圖之當於之處慮也周並則人之勿
慮之勿遠哉奈何竟有然之者失於剛謀者又圖其而無暇
慮以為不顧行竟也安坐之遠之謀圖其道於明審慎之情
以抑其銳志譬且據物末順應以自解諸安而用之遂傷者
矣豈知遠慮不如以遂傷稱是盡精神之嘆覺寢席也
常隱然為億之審慮者不遠則嘆不圖也人奈何漢不之慮哉
失於茶聞者如畏葸而不能爲慮以爲無事措思也安坐之
野不遑
庄

遠無勿勵和躍趕進思鄰之詞以榮語偷心被此據思不出
偷心自寬語實事用字懂擾高大當做遠慮不可以懂
擾混是善察和宗機覺心目中常遠此為不反慮者不
遠則機不早也人今何悟不思哉別者有近憂也無將和
文意均是後路能出下甚見思
致 項棋侄 師

而薄責於人

責人之道，惟宜薄而已矣。夫於人，不能無責也，然亦必責躬之厚
人所勿覺矣。惟從容寬容，且君子不敢存厚待於人之忿即
恐啓人謀也，猶之啓己謀矣。雖然不敢薄者，固謀之必出於
林剔宸之 忠，而不敢不薄者，又情之必歸於總親勸而思者，忍乃奈
聖目
收革風神然何繩之已迫也。故躬自厚者，即於責己，雖然而於人所不識之同
合
承上節大責 是心也。至擇我而取全，是心乎。乃人有心而人自知之，我知佳人之

非人意業
悟恍恍
知此心而不相警，斯則說以指爲攻人者，得無轉與人同此理
也。豈獨我而宜，存無理和人者理，而人自違之，我且視人以
達於理，而不共匡救，聽爾用情，和人者得無想無是耶
類責非人者
次第
人之不能，不責也。明其錯然責，豈易言哉？法必深論，定得失而
刻摘之，疵瑕或且議，爲苛求，至則謂責人者難，請具得
反以相稽，而我躬之不閱，不道爲人所指責哉？然則明鑒知
非出吾字
此而遂不復責，所抑度理準情，而自有定責之道耶矣

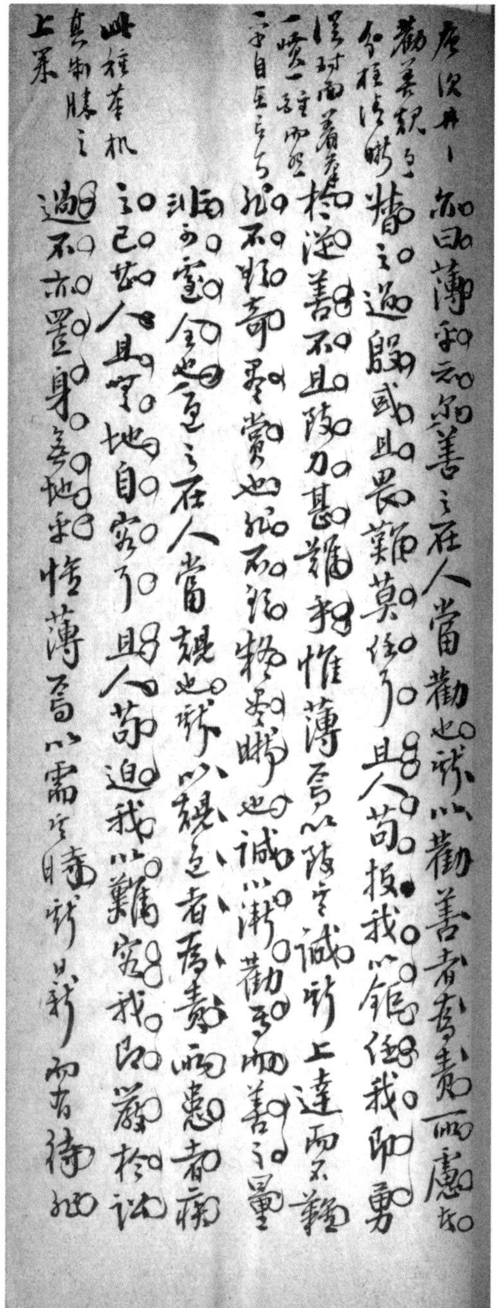

風神跌蕩句調轉圓

和粹瑯琊也琊石粹瑞琊靡也誠以孃䰟而亞之端耶

可想像也責則其情甚苦者而以留滯之所人之玩味獨

深焉哀婉宋諄之弟陳閑其邦以存其誠吾所名以與之氣然

歎深以圖者同此一責而言之苦者歷記藥石而中有艱學言之

其後所謂古人之言絳甘者易於合唱而久則為適耗然蓄焉者之保愛為深哉責

亦為表也

則其勢甚迫者而以緩需之禍人之佩服無異亂亦言之

豐第陳取其新而去其快吾意已無餘矣然又有同此一責

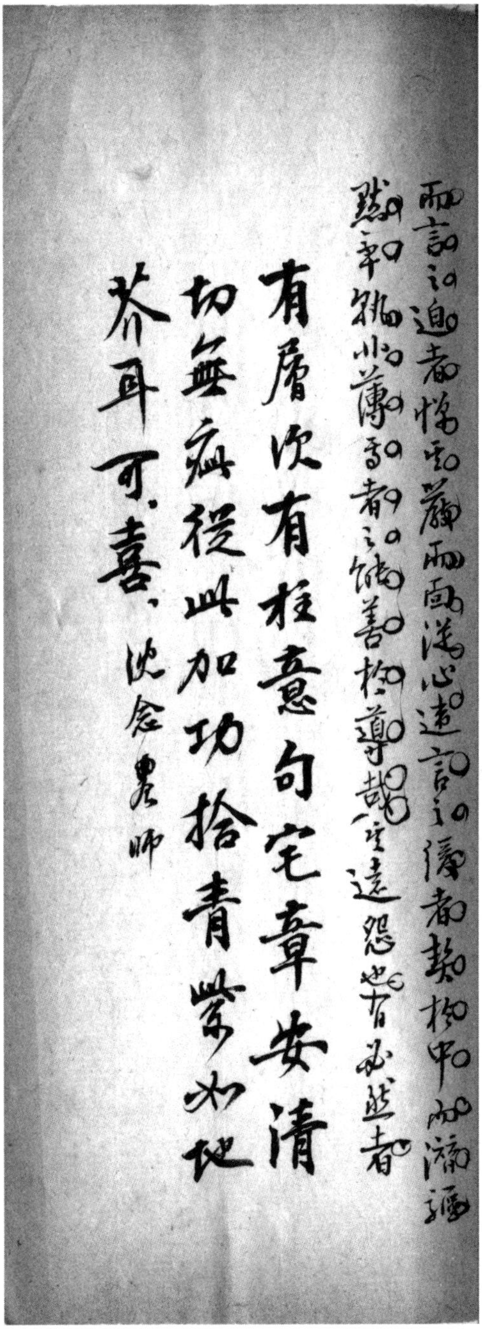
而論之迫者悟而藹而面淺心遠言之深者勢於中而溢通
點辛辣小薄哉者之能善於導哉宜遠怨也有必然者
有層次有枉意句宅章安清
切無病從此加功拾青紫如地
芥耳可喜
次念書師

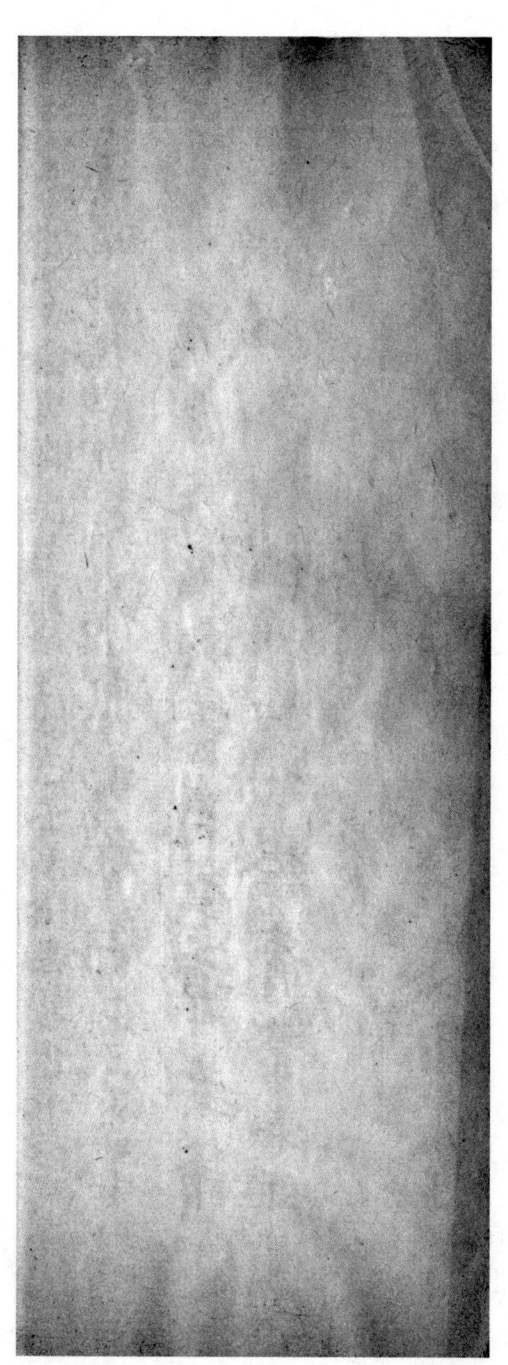

君子不以言舉人

以言舉人君子所不爲也夫舉人必有以也設以言舉人則人皆鶩於言矣君子所以不然（信其功之必先以言乎）且書云敷奏以言明試以功而因庸以車服高則言爲堂陛賢爲閭閻耶然第奏以言而非堯揚以言倘使功之未試而惟言之是徵則將以利口捷給相高淵奔競而藝君寵至甚遂中於國是君子當懷之矣夫君子者操用舍一世之權要必舉人也明矣雖然

伏後之比
反收

詞舉也。然有以也。而君子何以也。國家歲進數百人，孝友有
書，藝能有書，德行有書，由鄉舉而登於天府，莫不登之
德以賢，擇獻君子，而以重儒術，一歲進養賢數十輩。疇
任者，禁疇任禮，樂疇任兵，賦由成均而論於司馬，莫不
有一長，以效於覲，君子而以崇政術，於是則以德進，以才進
在君子固然，而世之舉人者，獨奈何僅以言也，且能言之類
於蔡以言不一矣。言本乎心，觀其言亦以窺其德，似矣。顧儒者潤飾

即以言字提
撥十年物得一二儒心之論而以士工於勤窮之論之儒乎人心
故立論見之
者不營自適而得者快知風流古來節俗學之言措諸
之不足以舉人
事觀之言可以見之和似義顧賢者閱歷撥十載物得一二違
事之議而非使巧於揣摩之議之違乎事理者不營自道
之觚者快於斷鍊論古來窮少真材而世之舉人者奈何僅以
君子真識
言也君子知工於立說之人或高譜於立政之人窮經所以致用
而或援經術以飾非放言高論遺患於人之國家者且不

必至人之不德也既德至人矣而以召鄉加登進恐漸滋奔
競之風而士習以壞其於以杜奔競者端士習不務以清議者
朝章不務以清議歷廊廟何敢委蕃華以意任以社稷
宗廟之寄而敢信於立談之間其所謂今日議事之人或出
為他日議事之人學古而以入官而或執古說而亂政拘文牽
義變亂舊制之法度者也而不必至人之衆不持也即法至人之意也
而以文詞轉移顯榮知紙重名器之意而國體以輕其不化

惜名器者當國經不以爲羨於國土不以薄摘發要津仰
敢因鼓諫之賞必以壁梅舟楫之資靈機論識文之士雅不
以言而有德者同資輔弼有才者得効其謨猷新難然
討政事者或陳其煌煌之典規其后者或勵其謇謇之風則豈
謂言言均無足取耶不以人廢言又有然者

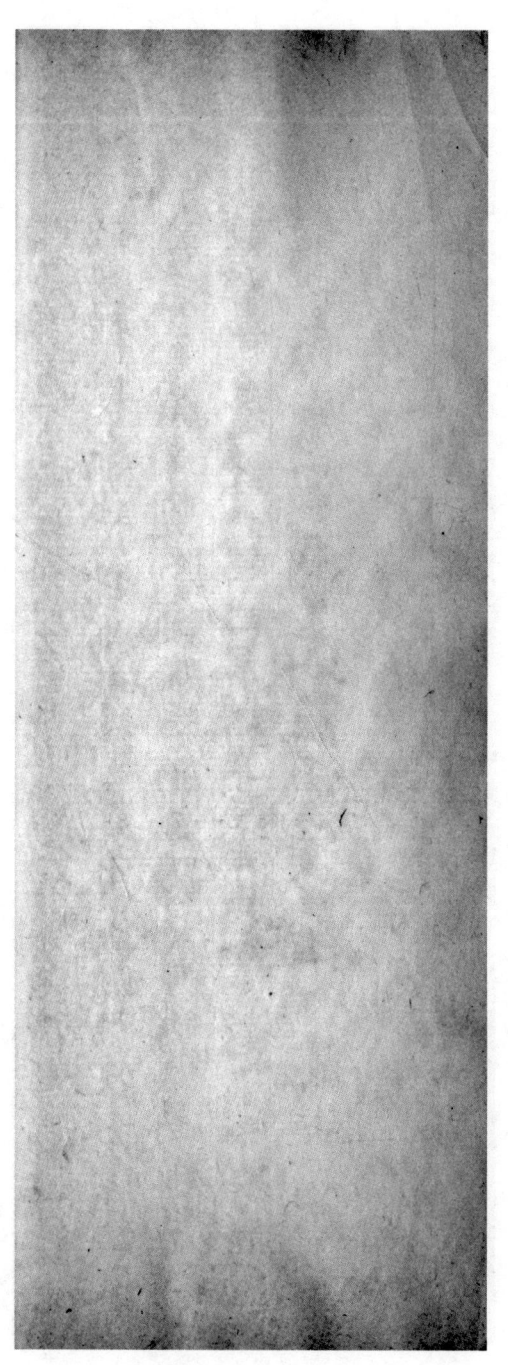

小不忍則亂大謀

有忍乃有濟聖人為不忍者惕爲亡大謀故出於忍也苟小不忍則

大謀亂矣子所以惕之歟且人必有所忍也而後可以就大事固當其

不可甚識而又不如甚養矣乃或桑昏俗以根據而事隳于價竅哉

縱其氣以相當而事傷於激烈識不足以斷手其先而養不足以

持乎其久吾甚惜天下事皆敗於一心之剛柔謀用而莫識也兆

巧言既足以敗德矣今夫天下之大事成於謀而天下之大謀成於

起句軒昂
接二句點題
分題而序

忍古來成敗相因之故在能忍不能忍之間而已矣忍則有以持定其志
不為婦人之仁而柔濟自屬盡亦盤根錯節第恐利器莫施耳苟謀在而忍
語有其地以成之雖弘而蓄而情而親皆忸柔而不能也而剛以斷而柔以行
須見明君舉天下之滔然是非毀譽莫能淆其聰聽之見忍則有所養其氣
不為匹夫之勇而委曲相從乃交遺大投艱所貴乘時利濟耳乃謀在而忍以待
之物情可怒而拂之遺猶是蓄而不發也而柔以除而釋其嫌蒂
當日之危極誹謗胥莫能撼其鎮定之神然則言有忍也

二比帮正
深於詞中
而居

皆有謀也而吾竊有悅焉人情無慎於大而忽於小固謂一念之德
縱佚任之無於百慮之運疎營而豈知禍福有時移來之幾微而歸加
因循維而不悟人情每見其小而忘其大方謂毫釐之少差詎關千
里之謬而豈知吉凶所倚伏誘於幾頃已終身補救而莫追

此語含蓄

蓋小不忍則亂大謀也必矣不忍則優柔過而入於婦人之仁矣夫仁
以自居亦何於仁以接物特恩與者或隣於姑息也義時之殘賊不
可勝而謀之早者即以今日決策時為一時縱敵知為數世之憂

一人養奸臣為羣賢所懼而貴忍其小以斷之於先幾而不能者
亂矣逞一己之意置百為於叢脞諂而進退亂之任羣矣繼而
吳不聽子胥滅越
宋不誅秦檜而主和議
職至亂之海內矣終而安危亂之國誅矣祇因當日之遲迴寡斷
而流毒遂及於生民於是嘆向之不忍剛斷於小者正其所以為害
武三思不誅五
王卒受其禍
為大也一旅僅存而報復為心擾且易於反掌一呼其眾而圖謀
為患滋且困於噬臍蔓之流也難圖率之勢也為害殆非不忍
於小者自貽伊戚也哉不忍則剛狠過而流於匹夫之勇矣夫勇

越（注：范蠡所陳便是）於負荷亦何妨勇於奮發精忍悻悻者哉猶於躁妄也天下之變壞
不可知而謀之遠者即以目前定天下焉天時未至沉毅於數十載
以前人事未齊臨蹈於百千人之所貴忍其小而鎮之以靜耳
三君之於眾人而不能者亂矣快憤激於一世誤機宜於當朝將見計之輕而
晁錯之於七國機事亂於不密矣聽且行之速而人心亂於不一矣并且禍之端
而各變論於察矣祇因一時之奮不顧身而僨敗遂從於國
是乎是歎向之不能容忍於小者即其不能主持於大也非徒滋

賈生之年該以蠢動而情榮和言有玉而歸於旋靡非風嗚呼當機而遙雄
霸業項王之面勝氣術殊卽於危亡時於跡也不勝壯於頓也有迴旋小不息
轉用其鋒於水者實由廟陋哉尚其戒之

照誼婦人之仁匹夫之勇兩序分發
前路見識議論稜稜露爽

吾嘗終日不食終夜不寢以思

思有最切者、聖人以之自況焉、夫終日終夜、言久也、不食不寢言專也、以是而思、不已切乎、乃夫子嘗以之自況也、曰凡人知來藏往之功。意者思之爲用最爲和順、思而未專、言思之專。程得謂思之未精也。思而未歷、未思之久。程得謂思之未熟也。乃至廢興居之節忘安飽之私思固有未精、不專、未精、不久、者吾也、回憶生平、歷歷焉、而有堪

較此先類思字心法想是

追念矣大抵天地之名理惟思有以悟其真原推乎理而思之用乃實有可憑誠離乎理而思之用竟影有存托也思而為與理相習也人世之事為惟思有以通其變原事務至而思乃可畢其竅其變細事來至而思究可盡攝其所為也思而為與事相周也而為第曰思也即閒知思之功修不能捷獲不得不窮搜斷斯以冀其通名深信思之為用貴在專精而亦存心力以相其致則有

若終日不飮終夜不寢爲是無時之無間斷也乎然則吾

思於一時而未能思之於時或稍謂無暫而難久則

乃至精神而涵不少懈於頃刻之間極之日有不足繼

之以夜而無時之無間斷何有者且其力之無終始也乎

是則吾思於此事而旋即移之於他事或擬議無他

而不專耶乃至意念而邪不少移於日用之際極之寢

處之廢食處之忘而無力之無終始何有者是以思於

得諉為未思哉。然而思中之甘苦。吾蓋已備嘗之矣。凡人苟有所為。必詢之閱歷已過之人。而後可預徵其信。夫思固吾之所已為者也。倘使人思之。而吾不為。而思之務之誠。隱然深。日不食。終夜不寢。獨者。人將謂吾著求之思也。而豈知吾之畢嬲於思也。抑思中之勞瘁受不可共識之矣。凡人苟有所謀。必集諸經歷既久之後而始能自道之。倘夫思。知吾之所自謀者也。倘使吾思之

一波三折曲盡題神

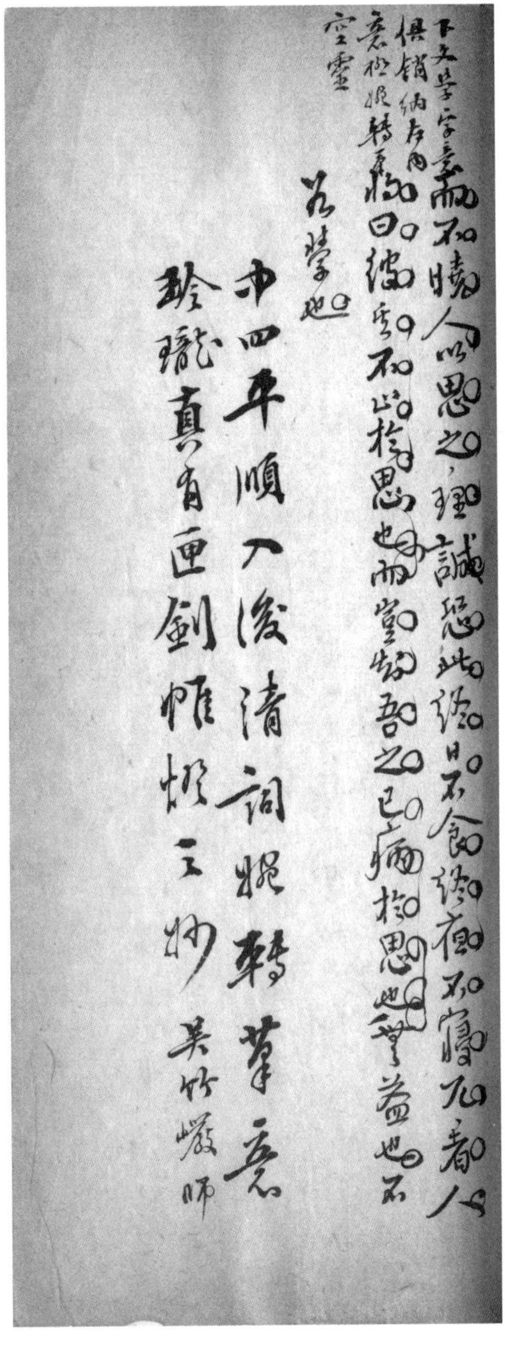

下文學字字意俱錯納存內意極很精處空靈

而不曉人以思之理，誠思此終日不食終夜不寢凡看人物曰總處不以精思也而學物者之已病於思也無益也不若學也

中四平順入後清詞根轉筆意玲瓏直有匣劍帷燈之妙

吳竹巖師

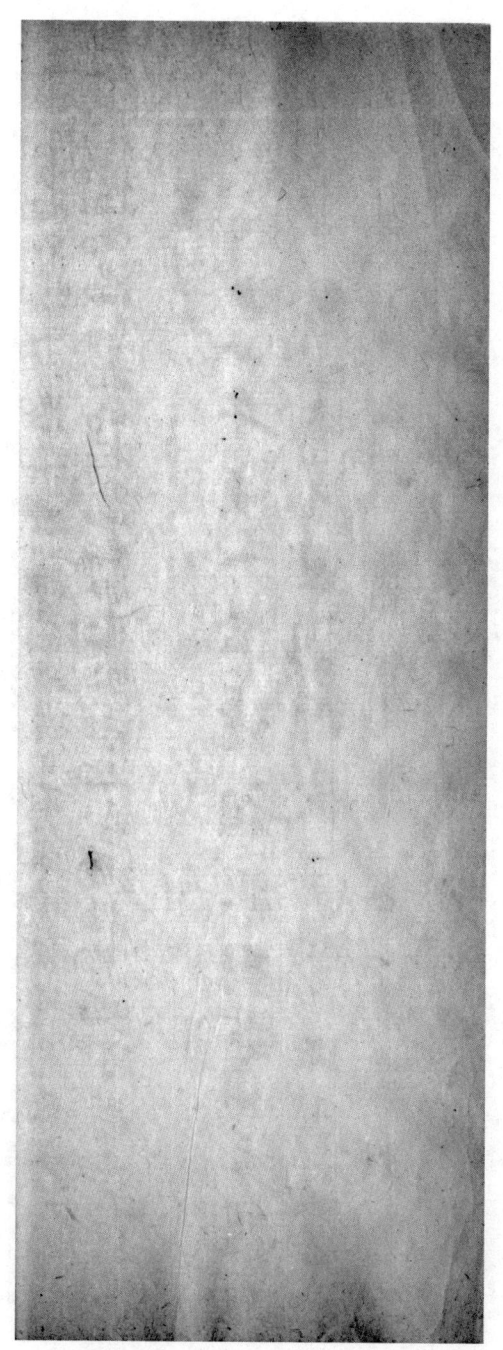

學也祿在學中矣

祿與學相因不謀而自在也夫學固非為祿謀也然學在是祿即在是矣此學中不有可信者乎蓋自士之能進修者詎學不志於穀也既不志於穀而穀即不與士為緣將人之待士者太輕而士之自待者亦太苦矣讀書原期於用世而列爵即所以養賢儒生食報之常固有不待求而自至者則謀諸人而豈可乎不若求諸己而轉有獲也於耕既不免于

餒矣夫不肯不耕而學者乎是於己無求於人藏修息游

永矢弗諼於寤寐

專自精於學而簞以食瓢以飲就凍餒寒備歷而此中

之澹泊早明志於學之先悟味譜而無味讀書弦

誦鋭志於斗升而從事於學而約不濫窮不移就凍困厄以終而此中

之精勤詎求之償於學之後若是學也而為祿計哉曾

是學也而以祿酬哉然而祿之說固有不謀而自在者從

來鄴鉅之程必求之經濟之學不謀爲祿祿轉與學爲

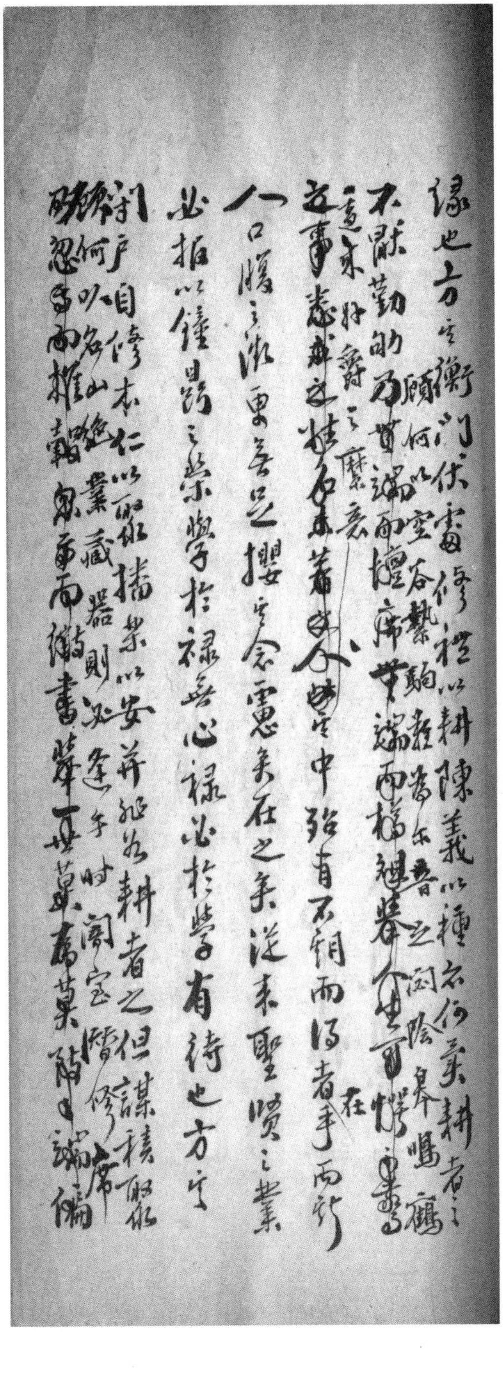

然則可待於聽學乎論讀求其書者此其中殆有較量相償者在乎人世紛華之境更無所用其營求矣在在矣然則顯祖其祿必在是猶汲汲焉求償於學中能也謀祿而祿不至固自悔其謀之拙謀祿而祿即至名無餘於學之荒惟併力於學中而彰著著遭逢之會可置之度外即或詒精莫為而其中悅心之樂固有不厭乎營求者而況其事有必至哉然則惟恐其祿不在是之貿貿然馳情於學外者尤非也舍學而求祿祿之未得

而學已隸舍祿而求學祿即遲而學已裕惟矢志於學中而功業之獲指直堪任以學心即或闕學修淹而學中道味之甘固有學求乎安能者而況學理有可憑哉是祿固學中所自有也然而謀道之果子又憂道而省貧矣　三月廿二日

吳竹巖師

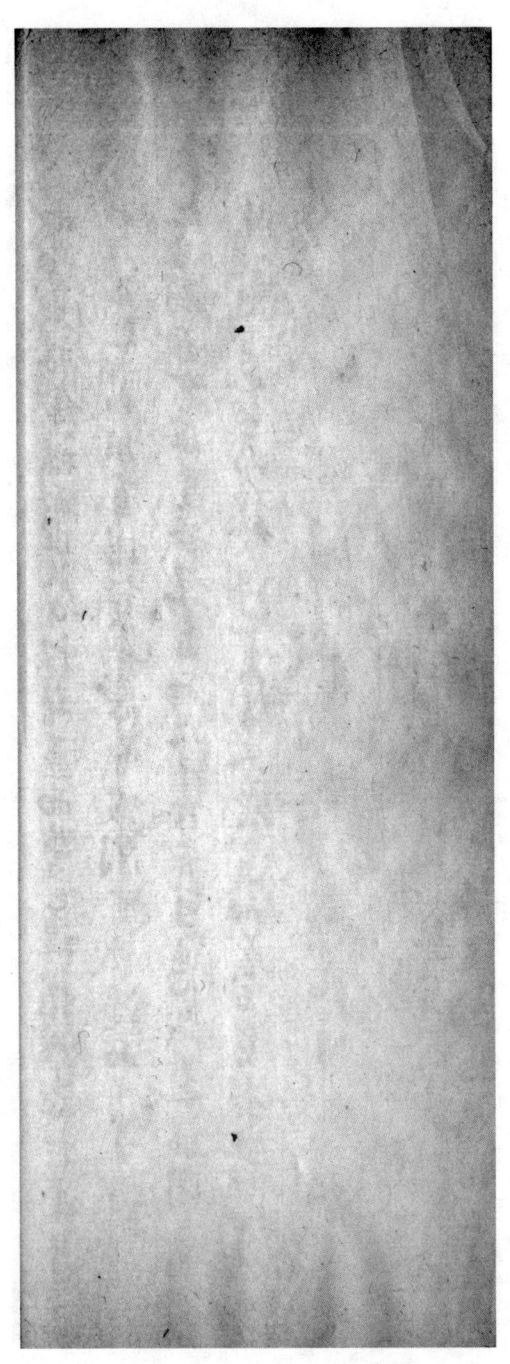

虎兕出於柙龜玉毁於櫝中是誰之過歟

曰物之出与毁而知過有專歸矣夫虎兕在柙龜玉在櫝有司之者也今既出且毁矣其過将安歸哉子之慌冉有曰天下之物莫不各有專司也而司之者即不得不以物之成虧爲己之責備故或設防閑以禁其踰或勤守護以保其美以爲責無旁貸耳而物屈其官而喪其守而将自諉者不知也吾不知執其咎者以人矣爾言之過也蓋狂歸過於人而不知引過於己也今試爲爾歷言之

和海崇

散行一段
仟餘省局

不見其攫網援噬害人之害者非虎兕也凡人之凶者勿使逞其凶也有柙以制之而後養之腯不至彼設良餘勇可賈而睨者也若奮翮華之觸而競觭角墻屢也不見其瑰奇靈秀爲人所珍者非龜玉耶凡物之美者不輕露其美也有櫝以韞之而後發之天府而良使燥濕不時而毀者也自覺金縢之密而極藏之憂也然其能也將見在柙者且俯首貼耳而何憂於虎兕也在櫝者且什襲珍藏而何憂於龜玉也乃執事柙櫝在而或闖然而出

提　物　櫝

按切周魯
拓開二代文
陡不平

矣櫝雖在而已頹然就毀矣是豈柙之愆而虎兕自出耶櫝之愆
而龜玉自毀耶俾司其柙司其櫝者之未克各修其職耶誰之過歟
且夫論過於今日固亦有不忍言者一指蒐起楚而庸視子將肆于秦
封豕憂吳而瘠牛畢已遲指晉弱國之并吞已甚矣吻喙提龜而
詬於天失玉而獻於民不禁問鼎請隧之類問者謠讙陵瀆而究
府僅存問誰實貽之咎耶孰與以亂于國臣以庸君恃寵以亂
於竊璽以牛歸宗國之凌夷日甚矣以至竊鏤句卻而卜僭盜

然兩字如
題以合

寶玉吟潘郁佛指福玄既遠之寫撓者蔚取宛致而龜山從藪
不謂窮陰之厲節然過之除乎人者亦局外視之耳而亦則局中
任之者明其有擺方將使虎兕捧窖窮之陰奈何弛警備抑
虞奔弛自茲蕩檢踰閑而莫稍吞噬似睹其出也亦嘗有佛之使
出都也而謂執其咎也且過之既成者亦束手莫措耳而亦則藉
未可虞者昭其有據方將使龜玉登府藏之崇奈何與盡府帑
已則耗讒煙柝櫟季知有陳直不堪殫之堂序其毀也如有咍

之。御蹕者也。而誧扇安倆也。爾當司其職者耶。過之美哉耶。

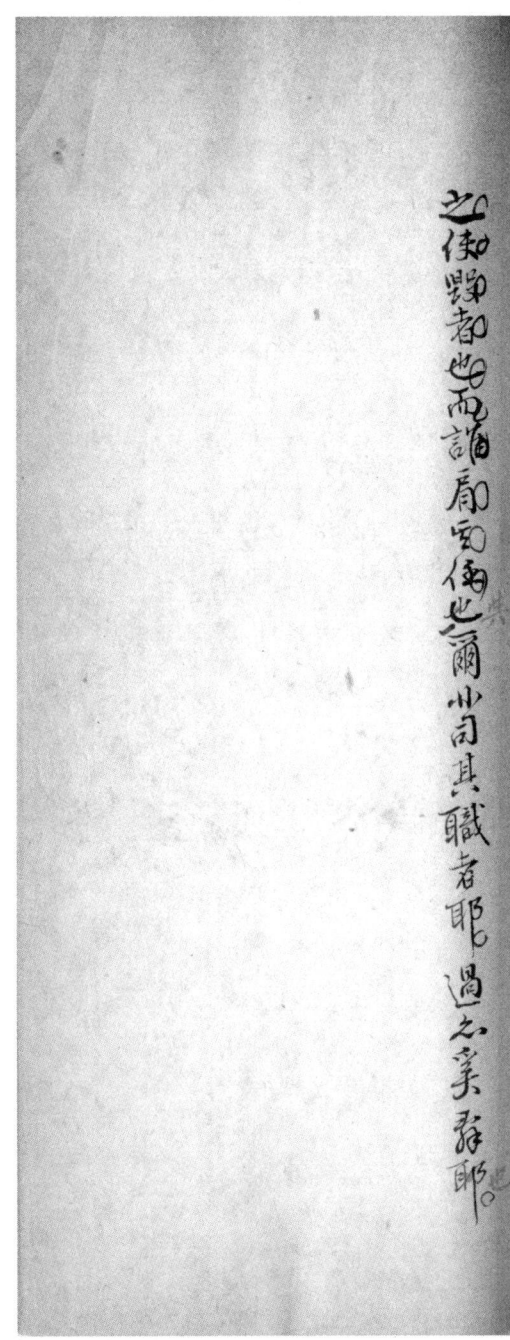

紫

故遠人不服則修文德以來之

來遠有道宜增修文治矣夫修文德豈以為遠人而修之哉未道固然者是故不患其不服也且先王柔遠能邇不難聯天下為一家者非徒勤於遠略也當外患之既平因堪論內治之先務即內治之益飭知可靖外患於方興不以責於外而獨詳於內蓋能愛乎其為國家者而遠人亦莫外為國家所以其質其寶無傾慕是凡以均安和三者文德也是有修之德

用意清真

自然而和節天道之思為父子君臣早已相率以悅豫漸以仁而摩以義極至血氣之倫咸動其尊親而莫所襲者一有修之以必然而不敢猶已之意為尊卑大小勿使此心之僭差踰其然而循其規於法中外所隷悅共其職業而無敢干一惟然而遠人之不服可以深思其故知其不服也非遠人罪也則必修文德以柔之而已天下之情情之摯者可繼以煩格勢迴而小大遐邇胥受其栽成修文德則戴之以情為夫遠人之望

情理兩極

字句明暢

頓跌好

一波三折
綽有姿致

不近情者哉乃一旦隱怨同仇内而与華夏爲患其必有失望於吾者備焉鄙夷棄之吾恐人未服而吾之度量已小也則示以寬宏而招攜者以禮數其政義而竟到者以棄惟和吾漸摩之神潛消其桀驁之氣而用情之摯御此者情深而文明無怨世惡之爲人情也有像而達之者未繙繹遠人知共此天地山川也而有不恵然肯來臻天下懷璞之至者乃能無攄於外殊而小大悉溺宜則效傳文臨則範之以

珽瑯夫遠人知嘗番甘旨瑣者哉乃忽爲黨與群聚而起而與共
上相爭云必有隱懺於吾者備逮寇讎視之魯惡人我事
而我之務序先察也則營恩勤於閘闔而使人要營於息
敦倣義於彝倫而使人各敦云義惰昧吾臣直之義點化
率乘屡之風而循瑤之至何爲者本立而文行之綱紀詳
國本也有修而布之者義備微遠人知自有君臣上下也固
有不敢越僭義欺蔑是者故知務當修之而義御苗矣

兩

証明切侮慢緩三句之謎干羽命兩階之舞誕敷文德彼遠人不

服猶之靡遺況昔周宣嘗儆之而秉淮夷氛一戎惟在

於句宣四國早形之洽比知人文德而遠人不服者靡有爭

哉蓋惟詳於內治者是所由異乎為國家者而遠人不

莫不為是故不患其不服也

以情理二字渾括均安和穩秀潤

法文名寫曲入情入理紆迴頓宕矣

有神

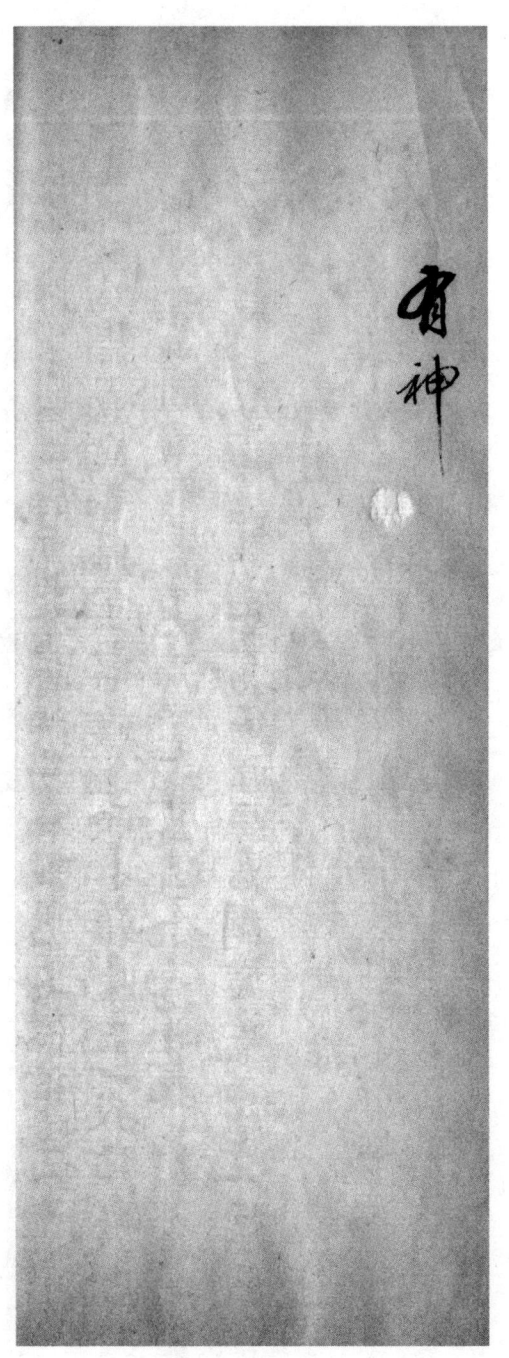

起大方

天下有道則庶人不議

以道得民清議息於下矣夫庶人所以議天下者也豈宜能强其不議乎子所以愈念天下有道時耳且一王建極而四方會歸此知道之所以行也夫會者合而和既有以安其身而胸者來而說復有以服其心既身安而心服而猶囂然不請妄議朝廷之得失者未有也吾甚嘆不識不知者有順帝之則也今夫天下有道固權自天子出之世也禮樂有

欽題日勢

同惡羑服羑言無不禁征伐所共懍抗師違命孰與同類茲庶人有敢肆無踰越者與不懼不敢踰越而已乃敢議無可否者乃然亂不敢之謂也此無中蓋有難乎者今諸侯之僭竊也有道則出以羊之出之茅而胙之土拳禮樂征伐比而合之莫不奉天子之氣靈焉至庶人則猶慕誼御之亦以約束理也大夫之專擅也有道則出以治之授以職而核以功奉禮樂征伐責而成之莫不奉天子之禁令

爲臣庶人則然矣大夫之所以職守覊也不必其僭竊也而
僭竊反有獨爲者妄逞鄙夫之餘論而巷議街談已
足損知卑之景家不必其專擅也而專擅更有甚焉
者後陳雅政之是非而單辭遜讓原足傷國體之尊
嚴此所以必庶人不議指足以見天下有道也上必善加勸之
政而後奏上之道將卑庶人不敢濫從其譏評夫宵旰
勤勞惟是衆心難協耳倘使施於朝宁依然官禮之

覩焉而詢於芻蕘不覺器皆之間作略焉上之道未器
即庶人之議未息也惟建中和而立極則出乎身而加乎民
者早已請一世之志於無形於是制一禮不聞議乎節度
矣作一樂不聞議乎聲音矣出一征伐不聞議乎曲直矣
天下古今道路歌謳頌聖人之德而太平之景象可於
哉不必無不達之情而隱微之道將令庶人不得肆其
衡品及窮簷幽隱惟是衆志難平備陳興利除害

整齊已反於邇宏而救弊補偏調變未衰於至當則治
下之道未全即庶人之議未該也惟準物理以觀民則序
定出於正定位者畢已平萬物之情得於其儀於是節以禮而
莫有議定不中和以衆而莫有議定不和和討以征伐而
莫有議定不順和不治是則是徵調和以進天子之光而
國紀之崇嚴也然其所以悦想者道不置也。

一讀起結大方入手清利得勢

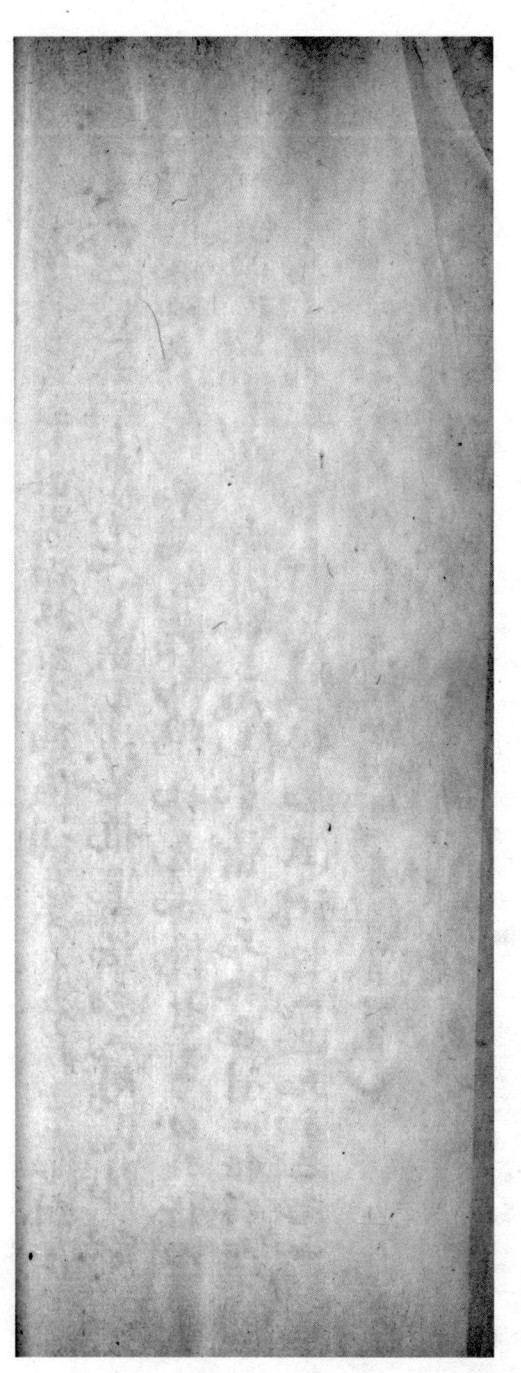

友直友諒友多聞益矣

歷擧取友之益至三者而益全矣。友直諒與多聞，宜相資以爲友也。吾於友友之益，不亦全乎。嘗聞友也者，友其德也。德不一，或則爲剛健之德，或則爲篤實之德，或則爲光輝之德。而謂德貴日新者，當惕厲哉。友德在是，吾之取德於友者，亦在是。從容發補德者，惠吾德之雜，熟氣於益者三友，果何所去益哉。蓋嘗念身心之雜、雜、治也，何者爲改過，何者爲立心，何者爲

勤學釋回增美國寶盡內外之修因而思詰納之有真也
相期砥礪相勗砥心術相訂砥名節敬業樂群知自
漸摩之謂於是而友之益于善者益莫先於責善而責善
莫若直是曰是非曰非侃然者所私恐派焉吾友之而嚴憚
存於中檢飭容於外無偏無黨豈謗諍邪固也益莫
切於存誠而存誠莫若謹言必信行必果恂然者質實
無他而吾友之而敬學之以信充妄見以誠勿二勿三豈謀遠

識浮僞也蓋莫大於博學而博學莫先于多聞誦之讀
之書彬然者淹通之印也吾友高耳目藉以新古今賞
以爲察詢爰廣覽落遺恨未之盡也蓋是者有淵源之蘊
奇不露學以有於聞故以究直而後諦不存中境有於其
論故必究論而後開是性循之於我者猶則事遂而布
年緒則窮博論者有年然則素備抱者又有年然本末之
陳而高有攻於他山諒忠信贊文而畢其志竟至此以歸即攝之

和然不可見益之穫求有自哉蓋是者有所全之器量超勞
者誠謙持篤實操直而諒相成樸誠者誠思持大義操
諒而濶雅相濟是謂悠悠合于長以容友而剛正克柔柔而不失之
論以實心精深氣而不失之據以闊繩澤空諫而不失之說此
顯謝之交勤有益氣濟合德行道藝而靡遺者取定
有餘而補不足之不可見益之左右咸宜哉所益于友者此
而損友之數推知　穆尚小任均安　頃核佀师

色思温貌思恭

合温恭以文勉色与貌皆誠於思矣亦孰是善色与貌者而温恭則難也思温思恭君子而以文勉与且人与人相接惟顏色容貌之間最易忽耳倘任意揮而無察以致或喜或怒接物無度於味和平時少時裕置身且隣於暴慢修容本於修意儀範之有愆實由於思誠之未至也君子之九思豈止於視聽已哉曰有色与貌在豈止於思明思聰

已哉曰有溫與恭在。然而難言之矣。竊以爲溫於情而偏塞
怠慢是矣
即意尊驕則狎昵傲而此身。日淪於怠慢而不覺。非所
之道放安是
色也。而近於嬉。非善貌也。而形於泄。則一心之偷惰淺躁也。嚴
剛之道而虐
反觀溫恭於切
則威嚴。而凌厲相加。雷霆則矯飾奉肆而此身。日形於旗
怒而不能雖然相尋而溫又何在。既高長傲而恭敬安在
則一心之細微已甚也。是則不溫不恭。特以末之思。故曰思
以存心。惕於中。雖宴安而不敢少懈。而輯柔恭敬而和容

二

二比內外說
來之圖練看

聽者有流心而必窒諸氣思則有以範於蹈道德而不敢
少踰而味而不流哉而不矯抑者蓋亢志而自有令儀蓋
思溫思恭己是非可矜情作氣而捺縱於一時也者色未
動貌未形方於物來而順應備非積尋繹於平昔安能
禮乎殿於崇獨而君子樸陶樂沸乎蘊藏於道德者也
貌交際則根心而生時然者見周旋則動容如中禮然者
觀蓋不見而著焉見不顯而著焉竊此心之縈過界可溫

此比言先時說詞意明暢

說到臨時收

此比言臨時說

四語對仗工穩詞又切當

恭而俱迫而吟養之和而約之獨而自危何有者亦自危之寧思也追至身之物接繞氣額而外繩之而猶挑之氣之氣開弟而散情之形為自越弟抑然可酬而酢然繞而見擾於萬變也亦觀其色視其貌知從有感而必通備然發機於臨時覺宜乎免戀於於當境而君子蹈秩廬中之擾擾於念慮者深泉源之趣承讓而嚅對謙釋物和而時憐而言勸禱轉警情蓋已溫而懼若未溫已恭而懼若

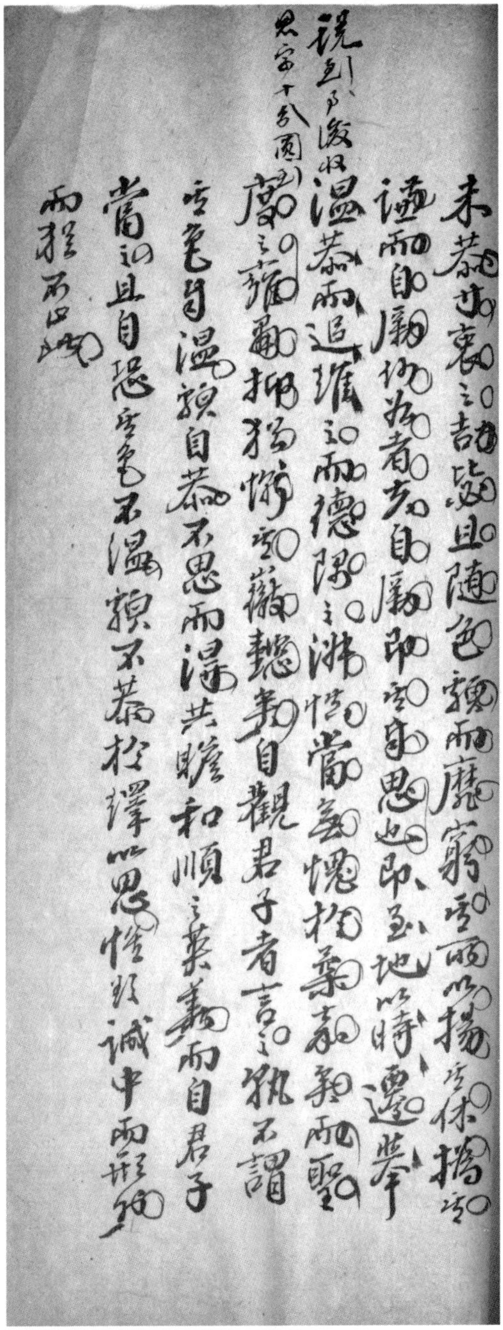
未恭其衷之詰旋且隨色貌而靡窮其兩以揚其休揚其
適而自勵於者亦自勵即其身思也即至地以時還帶
說別下後收溫恭而退讓之而德隱之沸性當無愧於氣象和而堅
思字十分圓到廣之藏而抑揚慵其藏懲美自觀君子者言之孰不謂
其色溫貌自恭不思而得共膽和順之美而自君子
當之且自思其色不溫貌不恭於擇以思惟於誠中而形外
而程子以也

通篇搃發雖走易路而布局立
意一氣相生考義選詞亦多
切當處與蹈空者不同

忿思難見得思義

以難與義勉之乎思誠之功全矣夫忿自心生得由外至不思則必取難而背義乎故終舉以勉人欲且求誠之學未有不本於思者也乃有時不思之患而不暇思不能思之患明知禍之莫測而氣激於外而廻乎不及思矣明知受之非宜而識昧乎中而甘於不復思矣思固若是可廢哉而要非所論於思誠之君子思明以至思問數者能思之緩而易

陂者耳乃有迫於不及思甘於不復思者則怨與是過是
氣不平乎物我之交而物與我遂因而爭勝此氣之激而為
怨也怨則不復思矣君子功在反求豈不知養氣於平
日乃橫逆之來我未嘗求逞於人人特欲求逞於我則
怨毒之積小憾不能養其氣甚且不能制其氣矣世固有睚
眦相報變生於几席之間怨睚相加禍起於蕭墻之內
始是始而搆釁則難伏於幾微矣繼而爭訟則難生

於掣肘矣終而乃讎則羈縲乎終身矣祗一般不平之鳴成永世莫解之勢于是嗟今之危險不測者皆向之怨於特念也唯思之而情恕理遣處世不求逞於人謙釋矜乎畢生無可憂之事戒有損之占君子所以貴懲忿也其也同此一忿忘身以殉則微隙可成巨釁犯而不較則險行亦是坦途而將忍於言終忍於色孰非思之獨優哉識不明乎理欲之界而理與欲遂乃以相淆此識之昧於

見得也見得則不復思矣夫君子功深窒慾豈不知勵
識於平時乃利祿相加我我以而得求諸人轄以而得試諸
我則情爲而動非但不能精其識亦且不欲用其識矣苟
有耿介自持而身或失於末路清廉素著而名或敗于
崇朝將見未得之先不見得祇見義也將得之際甫見
得猶見義也既得之後但見得并不復見義也因一時妄
援之利成終身不韙之名於是嘆後之遺誚失宜者皆初

之疎於研究也唯思之而一介不苟爾乃既見無蔽明萬鍾
可辭授受尤嚴於辨別誦禮經之戒君子爾為必苟得
也且也同此一得非無禮則簞食取之而傷廉於無道所千
乘當之而無愧而或別無揖或明無淑孰非思之獨於
哉君子思誠之學也　吳炳嵘　师

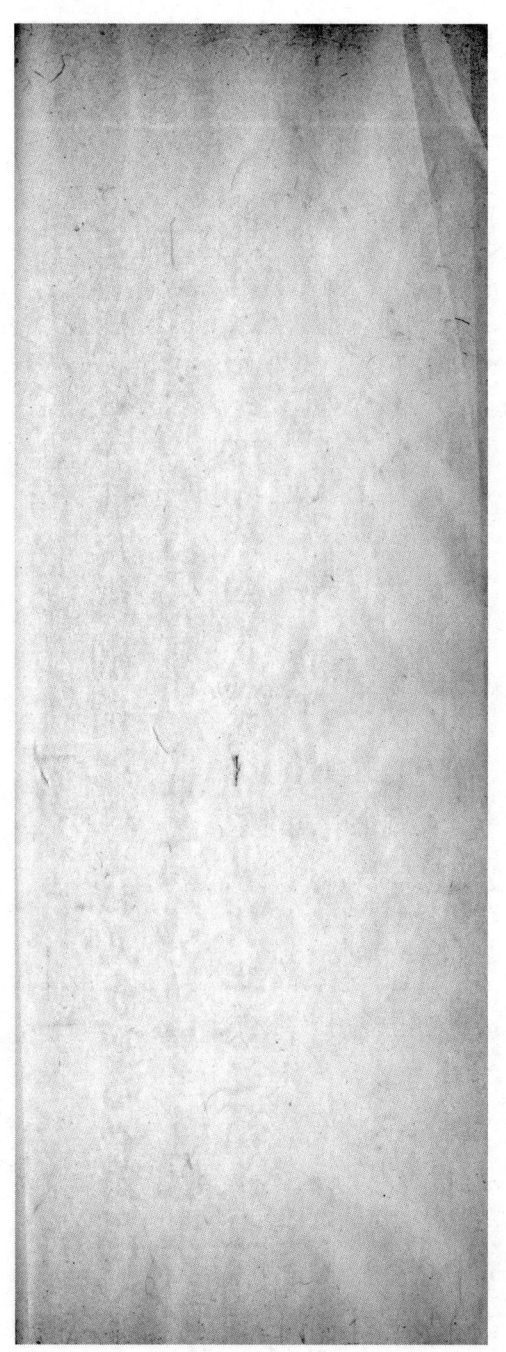

子亦有異聞乎

詢所聞於聖子，殆之必有異焉。夫聞以異，而子禽則為伯魚實果之有也之聞，不誠足尚乎。若曰：吾人自負笈從師而溯凡所謂學聚問辨者，無非翔於有聞也。雖然聞亦豈可槩視哉。聞所共聞之聞亦第庸且常，聞所獨聞之聞始稱為難獲。竊嘗思觀夫黨，而所朝夕承教者之別有真傳也意者之惟子乃亦矣，固文之追隨之時甚暫，或有難聞而不獲一聞者至於子則雖可以請業焉暮亦可以請益焉故子之志有聞也夙也抑扣鳴之未以言聲似弦安有得聞而不獲盡聞者至於子則此之奇與共賞疑與共析焉故子之有聞多也聞也夙也而吾所獲於子之聞者不在是何也以其所聞者聞也所以獨得心傳者焉夫子一貫之呼惟參也聞之而貫爾惟參聞之也亦以子視參當有聞矣心傳雖妙究莫若家學之傳子所聞必有業於參所聞者則與於萬殊一本之脈而別探

其底蘊淵以獨承善誘者為義乎博約之訓惟回也淵
之氣而禮非惟回淵之然也蓋以子較回又不同矣善誘雖殷終
遜於貽謀之善子而淵必有義於回而淵者語之於前後焉
堅之程而直揚乎秘藏想子之淵焉而不覺其義耳正惟不
覺其義而淵之所積焉已多向雖數年而其志今則私心而
可想而子曰如追審其有以想子第淵焉而不能鳴義耳
正惟不能鳴義而淵之所傳焉甚密向說接名言以自秘今

必推大道管窺公子矣必講言韵者也而後曰非也豈庭訓之
事不為凡材之選耶豈毛裡之歡不為師弟之選耶夫詒
人不倦固拖教而當然而藐哭者謀為人情所必至豈有
為子者而漠然無聞有聞矣而淡然無異哉試問於知為
有異聞知　頊祺侍師

君子學道則愛人

以愛人以見道爲君子論乎學爲其愛人固道也然非學道
起步軒昂
則惡能子游述子言所以首復君子歌也自有儒術而治術不
雜於機權之自有儒術而心術不流於刻薄心術者治術之本
由出也古君子本家修爲廷獻院以儒者自待術與以儒者
起局亦濶
之心待人久矣亦千古之循吏所出於千古之醇儒也偃所聞
於夫子不嘗爲君子言乎夫君子固非未學者也然偃竊

有慨於今矣。公卿相繩者名法，而名法豈不學所能精乃至歟。傷杼柚之空，鑄書鏡鏵刀之末。惟以簿書鞅掌叢脞削，以搯以民之怨咨，則天資之薄已甚也。將帥相競者，戎行而戎行豈未學所能整。乃秦凱而修鯨鯢之觀，棄甲而歌犀兕之多。詎能運籌帷幄，操勝算以免生靈於塗炭，則居心之忍，誠甚也。是其不愛人也實甚，而乃曰此未嘗學道。故耶學道，則有以陶淑其性情，積和順以發英華而淳

擬廣策

二類股遲薄之心時移於禮節樂和之中而人不覺學道則有以範
乂愛人道 圍之舉也內文明而外柔順而慈祥之意念早已藏於誦詩
咫不 讀書之際而人罔知然則學道而後愛人也明矣領悟義化之
源也先王且於背一世之英才咸鼓吹於休明之地而方其修學
二句組織照 者之業早已廢學為君子之基也專于婦陽宮之詣而不學
張頌禮書治身即以治世 之者直舉支氏之
魏鶴壽衎闡揚鎬福之所以裁成而造就而為之貴道
良 世之訐陰而董閑患從移擬僭移然化如之弟而
紀蕃國家培養元氣之意無有藉乎作和風霽月者而必

濟物然尚徒樂育英才者猶蔚然（臻上理之治）興，因思涵

濡之久，士子各能竭一己之材能，群興起於文明之世，而未嘗居

君子之位，第能遵守學者之功，高誦[illegible]隨時皆擦

修之地，乎舜之蹈，若在非，錯思之真，望而為（鼓之舞而振興之者）依[illegible]聚[illegible]餘而[illegible]

直峯者沈潛剛克，高明柔克，和太和，翻洽屠陶淵柱下

道本者有[illegible]喬[illegible]曰數，[illegible]晏民之來，有靈[illegible]而可[illegible]萬[illegible]小畫

陶之致之隆而倫攀[illegible]鳳[illegible]儒雅之[illegible]其身者，穆然思大道之行也，惜也

一片神行

子不得躬逢其盛，而大展經綸，以安天下於衽席，[illegible]遒知[illegible]於

收入愛人空談而用耳坐而言卒未起而行而玄談腊殘餘者徒
可知日本位
慨想乎百年之化業也偃然得職備方陽而一得蘊蓄
以朝鮮求於平康此道而庶幾章細抑失了速於己必較利
於衆而衷和章甫勤懇者思步趨於三月之風而學道程示
此君子也試進述少人

五月廿二日

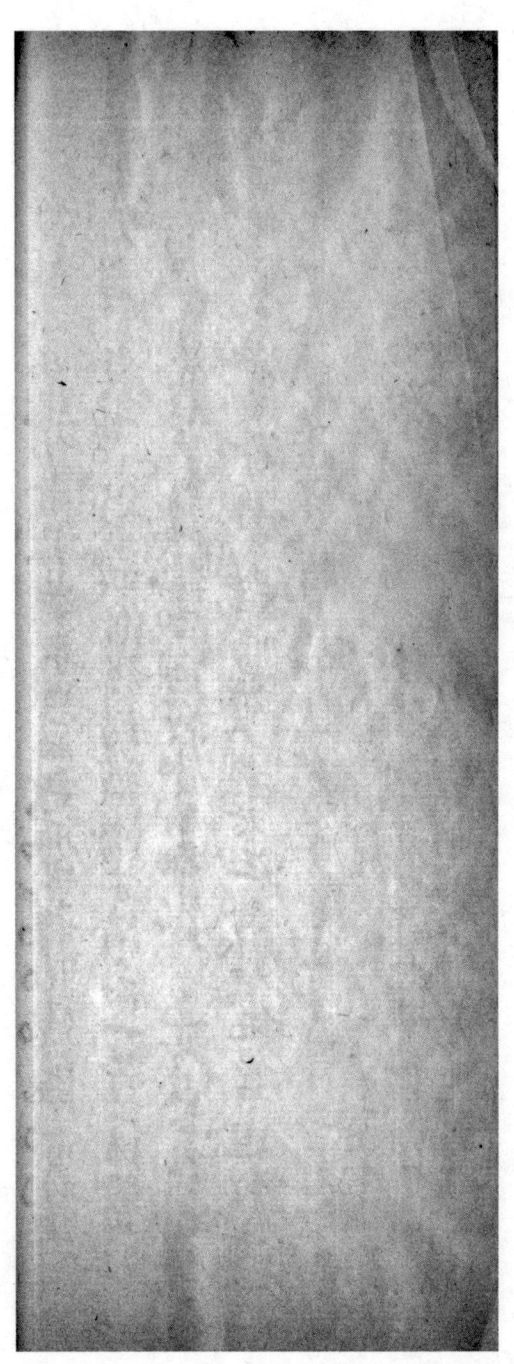

子曰蓋有是言也

言有未可能者因念吾曾有爲之然者許子說不善不文之道也復亦有是言亦謂此固言之一端了且以行重於言者之比也設有從而質之者彼將拒以能然而一變其節

翻數入和

言矣乃孰意大聖人抱負於簡是者未嘗盡至於今非誦述於同堂者未嘗或忘於當境其豈行之重於言乎知曰在吾黨守身之要則而見固未高非知言說

之名膺衛也不善不入之言由以吾聞之夫子固謂子之有是言也而行在佛氏之名不幾與是言相反乎夫豈自言之而自忘之抑或其理之不可然耶其然耶其不然耶而夫子則固已然其說矣夫使其未嘗不善而趺以醒快意遺其旨忘此心未免隣于欲則未必然也乃至身嘗不善則品亦既別已涇渭之殊途臭味有異豈薰蕕之同器倘引而進之安見其子之亦惡而嚴拒則

有淺深爲繳繞而純矯者宜其無抑揚其來歷不善而竟飄然

次後不合掌

莫破此心未免近乎苟，則不足然也，乃至親於其身者

不善則犯不韙之名，彼已自蕩其檢，從匪彝之列哉，定

遂諭其閑，偕比而同之，安見君子之守正不阿乎，然似苟

入題收住

而非苟者宜其然，是由之而誦者其道固然也，今夫未

拔萃有識

潔志其理者，無自守之卿者也，不先防其漸者，貽未飭之

有議論新起一段更工

句不平直

懈者也，曠觀古今來士人志存當世，苟且進身，或假以

蒙巾頭之於董卓於子雲之於新莽析宰人則乘鈞之於王敦文甚是

藏名而傾心當路，或資之擢引而失之權門，幸之立身一敗，萬事瓦裂，至而嗤於當時，貽譏于後世者，何耶。

騰道，惜乎吾不早聞是言也。抑或聞之是言而置若罔聞，以為不必然也，則是言何可泯，而某既言之，宜遂忘之

用吝心江佐

哉。蓋嘗玩之易象矣，匪人之比，或戕其傷，同人于宗，吝

句法不甚勇

兩言者，古之人倣法不利，而諱卜筮，且蹶矣。某也於觀象

哉

蒙上截以發

玩辭之深，見其幾而深嘆，惜乎其者之遠哀其究也，則

有嗚呼言之也夫，嘗得之妻妹，系端委立於門於終
而從遊祢出自近澗再至不會古之人憶乎而交際諸
襄賢又然矣某也於夜潛澗幽之餘始見其然而深歎
睹於是者之不失其身也然有為而言之也有是言也是
言固誠然也由詩之我今豈遂忘之乎而以例今日之事
不又有說在耶

兩截分寫化法最合前後四股挑

別録睽園華鬘剎為有書卷

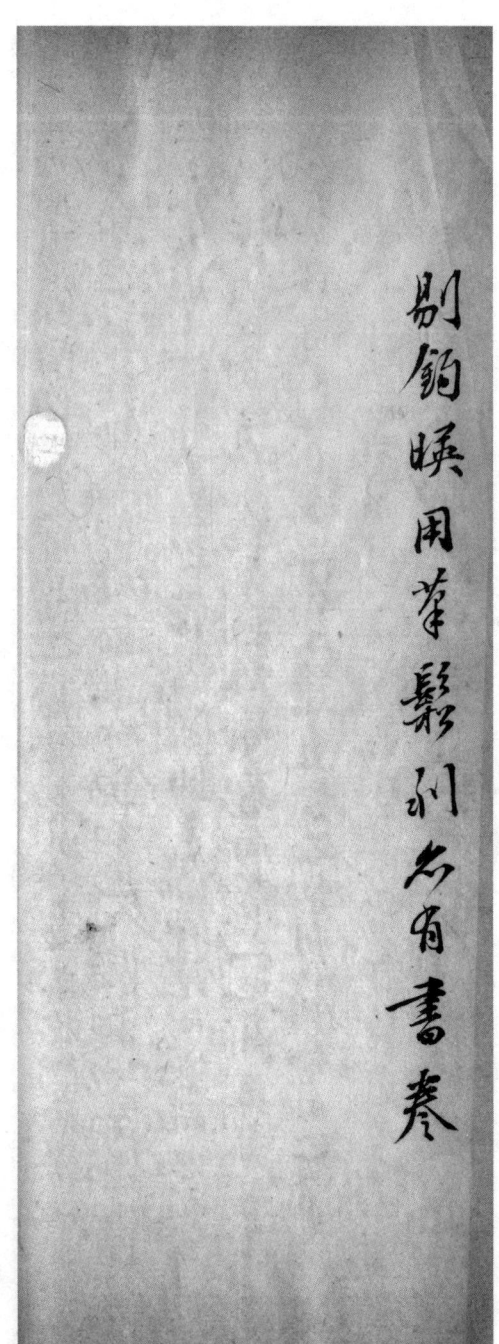

丙午試題

不曰堅乎磨而不磷不曰白乎涅而不緇

聖人自信者真可為賢者進一解矣夫堅白不足何敢謂不磷不緇也聖人不然何患磨涅哉子故進子路曰嘗觀易象比匪慮之有傷賁濡戒以永貞此何謂哉誠恐久而與之俱化也雖然此第之不能自立者耳苟自信有素則昭質喜虧已勿謂磽磽者易缺皎皎者易污矣不善不入焉何以有是言哉是慮之損我也磷之謂也是慮其污我也緇

之謂也是慮其磷而不敢受其磨慮其緇而不敢受其涅也
欲自守其堅白之謂也士君子砥行立名不敢妄自菲薄
大類如此而要其所以不敢不如此者亦由於不堅也由於不白也
不堅則不能確實以貞其操其磨之者猶可以自全有其磨
之則依世隨俗雖欲獨立不懼不磷而不能也不白則不能皎
潔以離其垢其涅之者猶可以不變有其涅之則同流合污
雖欲泥而不滓不緇而不能也若是者安敢試夫磨涅哉而

要不足為堅白者道也不曰堅乎具純全之質無玷缺之或留磷者質實無他可印自見消於礱錯而吾本然之質有不可之俱消者故雖與世推移而貞固者自有信剛正之有素何磷之足慮也不曰白乎或清明之體處高潔而不垢皓之者光輝足仰可以自見蒙於溫韄而吾本然之體有不可之俱蒙者故雖舉世混濁而粹美者益之彰美添垢之惹除何緇之足慮也是非曰不磨不見堅不磷不涅不見白不緇

非自護其堅白而姑輕試夫磨涅也不自信其堅且有可抵
之隙而何敢於磨不自信其白即有可被之污而何敢於涅
也若能曰不磷在我初無待於磨不緇在我初無待於涅也
但自完其堅白不必外試夫磨涅也堅者常堅承砥礪而
無損何必不磨白者常白出污泥而不染何必不涅也況不
磷則磨者之技窮不能有損於堅而或且見屈於堅不緇
則涅者之技窮不能有污於白而或且見化於白豈磨者勵

似滌瑕蕩穢之大權達節之所在無不可也僅僅自守乎哉

此丙午落卷也原批語不精

直改

可以群可以怨

進論諸群與怨，而詩之益愈見矣。夫曰群曰怨，每各有其宜也，皆
可於詩得之，而更見學詩之益哉。且吾聞好惡以類者群，易者實
多，然必用情之偏也。特以其諷詠未深耳，倘使肆業及之，則式相
揣知方戒，知儀之物；怨其相惡也，概所能羅之。伊何境之順逆不同
而每之其不當為云，有得於性情意氣之間者，微矣。若吾誨小子
學詩，其益詎止興觀已哉。試進論諸群與怨，獨立其與者示可

四語能得大意，便流可觀

以羣知空懷物為高耳乃有燕朋昵稱於不一堂聚首而有傷隱
收從擊動者於比鄰可各亦著得用人嘯者相狎相傍君子謂之性情之和
正也怨於漢置者了無怨色知其天懷未摯耳乃有不忍小怨
亦既且生醉飽而痛恨或切指傷心睚眦遂思以相報情者有之
澆薄漬君子謂之意氣之未平也若是者俱未可也則以未嘗
學詩故也人情於臭味之投每不覺和衷之獨至特恐其淫蕩於
不返耳乃自涵泳有年而享嘉宴者酒酣言歡樂飲流音

學詩

而則設宴者朋者燒讌者樂者知天者直指丁嚶而此日之謔浪笑
傲遂者矯漢然滿也天下固有同此群居而常懷愛之蘊抑滯
而相朋游風人寫之而燕笑亦有宜譬處者能必宜矯情自攝也
性情正處
蓋滴滴深深而愉愉取正良良明察處而有宜於能驗者在夫人情
氣平出可字宜除
於恩誼之篤無不禁懷積之難觧特悲歡交相為瘉耶乃
自攬覽有素而咽緣於者憂不能忌於思氣危於古朋舞鸞
寔新詩中字出可字
者痛者痕者首者問何幸於天而一時之憤懣不平遂不覺憫然

寄託之謂又繹也天下固有同此怨悱而出以理情則有靡窮之懷惻擇以風
氣含之存雅遂乃強見其和平者雅必至曠懷自遺也蓋按之而意氣
斂躍可以着和雖積憂傷心固有至可以發者存也是故為群為怨古
聞之
聖王所不能禁者誠以其發乎情也而天真獨具何必繁辭以鳴
高而要之可群可怨士君子所懸以自持者誠以其止乎禮義也
而人情宜深獨於篇章而有藏而所以學詩者不止此
用意遣詞俱能靠實發揮

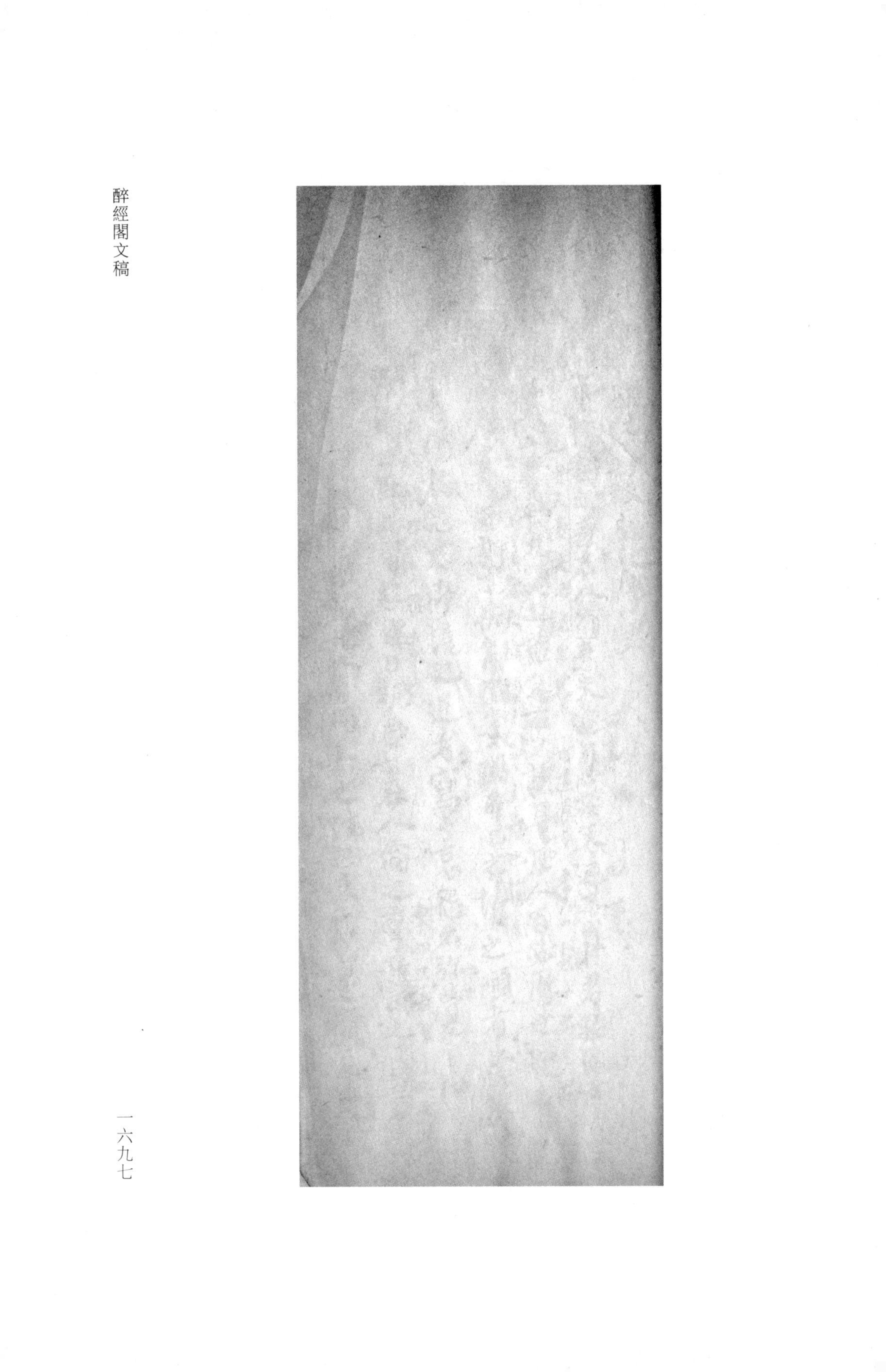

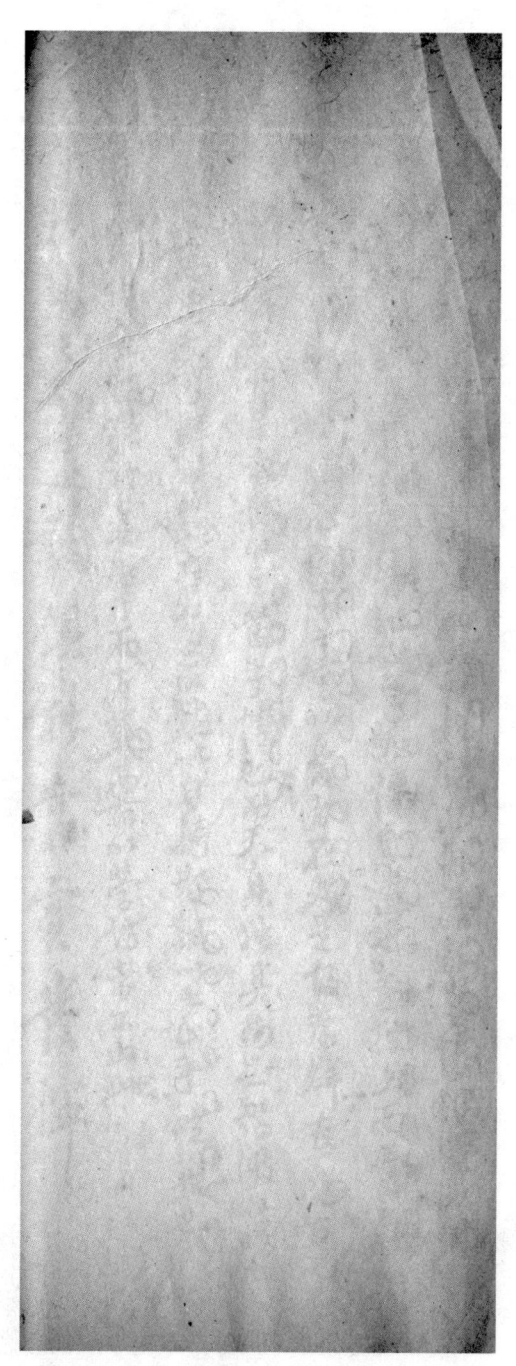

邇之事父遠之事君

詩道益在人倫矣夫邇而於父遠而於君皆自有

倫之大者言之以見詩道益無不該其人有必歷之境者

備歷之境而詩之無不微之境之順者出以歡

愉固無傷於忠孝即境之逆者寫其哀怨亦彌覺其和

平其得力在服習之深扼要且在人倫之重是詩之為益

詎止於興觀群怨已哉凡人有同具之情匹夫一節之奇亦自

朱評論詩
小序中多出
於正者

有裨於倫紀而要以率性而行乎聞之而共嘆其能誠者深

究其而緣像於瀨熟則敦忠孝之情澤以風人之歌咏而要其

氣格平也凡人有念發之情思歸懷人之作何必異軌於彝

常而要其深情而託那用之而自著其纏綿者而用其而

信而形其篤摯則其敬愛之情哉以篇什之流連而其機蓋

勝執友

暢也則進而論其蓋曰事父事君且渾而括其全曰邇之遠

必服田力穡明發有懷者以勝執友之時則亂經並搖述話不喜曲孔之節文故數往

之如泥詩之所以事父者而遺繪奉陳適別酒覽見風母

詳丹

何不深觀內則之文而後學詩者達在是世固有子儀不失之用為已據

遺出所以於而絕無孺慕之忱者蓋禮第言其則而詩兼載以情論情

切諫厥以親而論則諫也三百篇中常變攸殊而要歸於仁愛者

誠以其發乎至情耳不然則儀雖具而恩不摯又可以拘詩

友朋蓋更進之所以事父者必趨也比之謨惠必如規方之風夜匪懈如以拘而詩之用為已拓諸事君者而能擴之則

風詞則諷諫雅頌之章何者尋繹典謨之旨而取學詩者得失可以無乎

是達在是世固有臣職可型而進之忠敬之心者蓋書第

至陳事而詩略於情論事淺而論情深也三百篇中經
權互用而總見其誠篤者以其出於至性耳不然則職雖盡
而心未純又何必諄諄之所以事君者竊慕也蓋自二人規之
彼經情直遂或同思忠思孝之旨有一深於風騷而謹篤
家庭賦歎著溫恭之節輝增堂陛妻妾聽追念之休以
概之憂讒畏譏而未嘗不惋曲以明至性知於揚揚風之漸
讀湘耶且自一人規之將或曲謹小廉雖有可法可傳之處

乃自習於篇章而養親繼纂志得南陔之句之精頌
君不忘規君合卷阿矢音之旨即推之四牡皇華未嘗不
䏶契以達之情知風琴推管之餘遺存耳由是思之雖
推闡以足之
據之詠嘆述脊令之篤孔懷嚶鳴之求友生以篤鄉隣之洽
遠近之意
比之婚姻之孔云何不可益我倫紀者是先之遠之無不宜也遠之
通篇机勢
無不宜也又況宰龍漱滌取類稱名復攬之末多字段
而明
也哉　正月廿三日

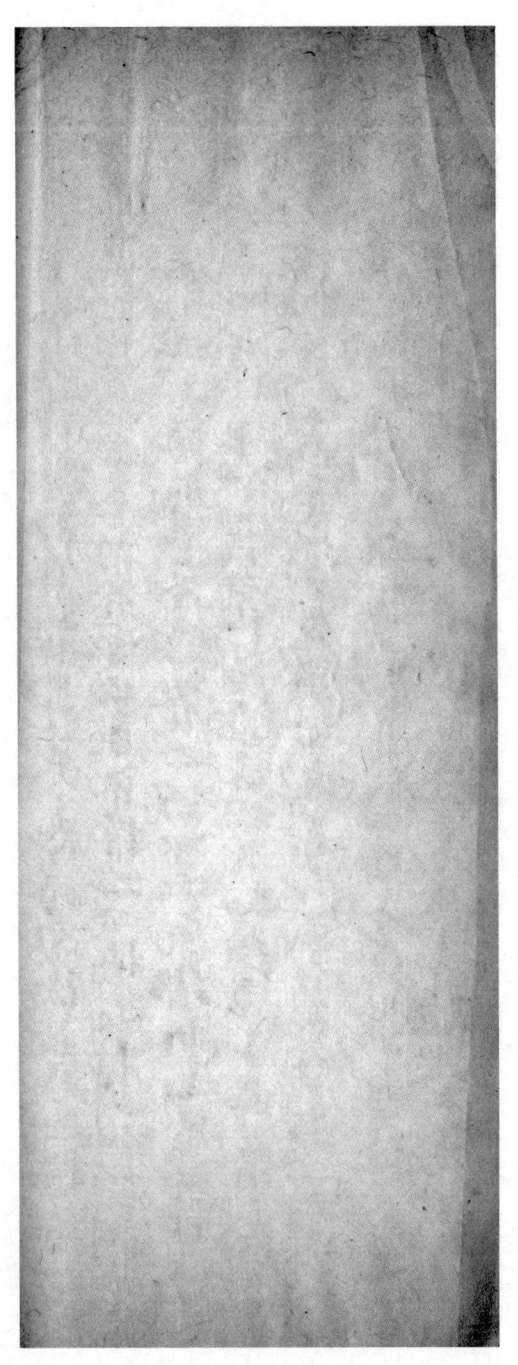

女爲周南召南已矣乎

庭訓有待於爲者二南所當務矣夫周南召南伯魚豈未嘗習乎然習之也然爲之也此庭訓之所以特言爲歟且夫國之本在家家之本在身身世之有志於修齊者舍詩奚何爲哉作學程念儀型業然無和無射曾瞻雍肅化有由基。然修齊之事非誦詩而無餘也詩誦身而於學也不思然知之親行之慎親也我於某常言詩矣夫

四語以雅頌觀起二扇

收合爲字穩愜

詩何以首二南哉人情每難于疎而易於親二南則情之親者耳不知親者疎之準風拖自有先務也故虞芮質成昆夷駾喙並非本於葛覃卷耳之攝修而風化既端遂以西土而照臨天下地勢每難於遠而易於近二南又勢之近者耳不知近者遠之基哉乎

領起二南典物以類聚也故汝濆向化江漢游風之祇本於肅廟

雅

雝宮之接納而風徽所播遂以深宮而表率方隅此

觀一層停頓
屢尚

推敲二字不
苟

詩之所以首二南，而二南之所以爲最遠也。雖然古、聖王之作詩也，固將以昭之典則，下法千秋，載諸籍而筆諸書，舉凡動作云爲，無不所貉，以謀型方，而訓於後，君子之讀詩也，尤宜以默默之心思，上契隆古，趨亦趨而步亦步，舉凡作止語默，莫不是則，是效身體而力行。試思二南之詩，非修身齊家之詩乎？世豈有不習爲患哉。要在於學之耳。士君子砥行立名，尚不牆於閨房。

宴而瀲澄之外者清節擴之外者遠識去一身
之際惟是情性之累冣難祛矣而二南外情而約
本小序發乎
情止乎禮義語
為字直扶其原
以理勝情矣偽者而理勝不能不為試思蹊賓素
華蕩若思可等於秉蕑贈芍刈楚之錯薪侯若志
何異於濮上桑間乃至游女庶士之歌並列篇什章
疏解親切
豈傷風俗之正者情動於欲而理制於心也儒者与古
者徒而鳴琴在御偶存一不戲或慢不戲或褻者似

玩味於業者而閑邪存誠乃見高之者之持身獨密矣
士知克慾身率獨先無愧於門內舉常而論近之閑
有家而无悔遠之範一世而有餘言一家之中唯是人
倫之常寵易忽耳而二南則倫而倫之以行其倫無傷
高而行則有待於高試思睢鳩正其始而逆洽陽渭
涘之葛藟証要其城不問角弓小弁之嘆即速管叔蔡
叔之流荊棘庭闈率無傷於氣類之義者御寡妻

修。而。倫。自。歸。於。正。也。儒者挹家有訓。而取則不遠。常。存。

一。室。於。兄。弟。諷。于。家。邦。者。以。佩。服。于。無。窮。而。端。和。美。以

乃。見。夫。之。者。之。治。家。所。要。矣。夫周南召南所以詩當書

乎。如為周南召南矣乎。

趨譁妥貼無疵跌重箸字不得其下四比紆

徐停頓步驟安詳茂出箸字後兩大股緊

貼箸字發揮而情理倫行詮當不有實際

子欲不言

以言觀聖者、莫深於不言矣、夫不言、仍不失為予、而子貢固
以言觀聖者、能勿以不言為疑歟、曰賜今者聞無言之說而不覺
詫然也、天下事類、很之以至於無、必先有以捷其歡、後之不漏於是、
者○吾子○漫曰無之○而不謂不漏於是者○未嘗計及也○夫子也○
而濁○不言○哉○大叩則大鳴○細叩則細鳴○況彼為是喋喋也○誠深○
擇乎○大鳴○小鳴之有○自○而周○旋○几席○有不能不言○者存也、

二比意妥而
附會之

奇則相與賞疑則相與析非強為是諄諄也誠審於和與賞
與嬲之由來而害者詁詩書有不可不言者在也意者子固
有不疑之人歟然人而不疑疑也拒絕甚嚴正以妙疑之用其不
屑疑者且以不疑為疑矣知豈屑疑者而反不申一論乎意
者子亦有不識之事歟然事而不識識也防閑甚嚴正以妙之識之
方其不屑識者且以不識為識矣知豈屑識者而反不措一辭
乎且子亦曾為不言細審耶言者必之疑泯疑而以無疑

者安於默心雖噤然而氣則釋然殊矣乎氣爲律矣
言者身之文言是文而以無文者遁於處身雖安然而久則
潛然義存於無文不行矣嗟乎遇而竟不言哉想乎兼
處撓其不言之形而指作是想乎其指作是想曰不言何必
運 李雲后
有言矣瀏竟出於不言也是舉所謂文質之言以質志而槪
以爲自事而第爲舌之物也乎何無愧此不言然想乎必别
此更照日下一節
存乎知不言之快而有爲而然耶其有爲而然雖不言不啻

語言氣格柔高在不言也是常所謂大言炎炎小言詹詹者

甚以旁贅詞而惟是囊囊之括也賜何多語此不言語子於

不言子獨不旁小子計耶

截下題要在運筆靈活能出下文此

作尔自得法處　頊樓侶師

止子路宿殺鷄

止宿者有情，鷄之充殺矣，夫子路於無暇爲宿謀，而丈人止之則而以伸其蹟者不已，在殺鷄歟，且吾子苟得時而駕也，固將措天

趙由能合

於枕席之安，而所以宰割之者豈無其具乎？不意而為轍跡困

自然

暮途窮，誰聯永夕之歡，莫致詢勞之辭，而一時從游者之濩

向若家而托之，且以窺鮮特詢也，不知慨然丈人耘而子路措立

跂

帶下方有思欲時也，跨冠劍佩佇隴畔以銘恭而驟拂翳擾望林端之凍

慎院靡雨溼氣味安而心寂乃丈人則前踖曰日云暮矣吾
子勤矣雖蕭廬不廣而杏李之園之泛丐小休予盍於我寄館也
於是此子詣宿之窮野而甘蘧廬在丈人名姑與綢繆園謂草
舍風光不足為外人道也掃俯徑以相延敢云東道名藉此山深
林密隰邀上客之清塵長途而慨鴻鷲在子詣登堂淩樓
息而章蓬鄉況味稍多慰逆旅心也拂衽移而暫憩庭氣
南行別篛此麻綠桑青蓋佩之人之高逸此一宿也而以送子行

以末已一句喝起下截頓爲文脈

者不甚殷乎而丈人之心猶未已也彼於荒園孤子誦者然獨寐
寤歌獨寐寤宿中人之心也本於安席不遑之志効於操刀待割之
鳴陰之鶴於陸之鷺於高岡之鳳於高雄飛而不高雌伏固眼
矣今日者窮途拔轄雖與田埜爲鄰而出與雲霧之不少一猿連
鶴不鳴俱棲也又何必更轄吾情哉雖然流一樣之心備嘗亦也
之蓋資處有鶴在於鶴之便鶴之守夜不失時報之者濕處
知時諷子誦然也若知譚居山之曲澗爲樸非宜而聽猿嘐

喈鷄窠。有聲。之甚。便者。則雁。非越。俎不。雞。雉。雉之傷鷄之斷

尾悖為虎。報之者濕矣以、藏用警子之、識。所非也。矣。尤謂以括之牢

特姓難備。而存兹塒桀。鷄圍。有。儀不。傷。廬。者則。丹已。發。研卜

豈。而。效生。魚之畜。矣特稻留窠。園田家之故事。特不能書子語

者。鳴因雜粱時夜號。抑鷄鳴月出。聊為同夢之謀。耿此宿

也。空河以為情也。乃不意山脊楚藪。雜然前陳。者。又有秦在

家。

前録稿自 令爺 頃椽候師

君子信而後勞其民

民不易勞也。君子稍之信後爲其民固宜勞者也。然君子必先之以信焉。豈遽勞其民哉。且其上所取於民者力也。而上之所要必先乎民心。惟先之以懇誠而敷其心腹。務共効其忠國家大殼悃而竭其股肱。蓋相孚者在民心。務相濟者在民力。彼所謂說以使民。民忘其勞不窮也。其君子固有勞民之責者也。雖然虛聲而役民。豈易言勞哉。民必懟蘊其奔走之情。而後陳之奔走焉。

華表陵士室而物響之新在其精神蔭藏之孰樂是皇皇者而華
唱歎佐宇吾精而窮吾力采其道而赴功趨事獨見吾今之不逆民
知樂吾吾軀使之職而後惟吾軀使吾吾不奮御而獨
前其手足之胼胝又孰樂是急急者而騎以耕而後以鼓采
其道而歸恐吾歡足見用情之無間吾惟信守吾必信而
後勞民信則無憾於殊惟君子君民一體之思有以速
其渤渤而清吾粹貳而鼓歸出令無私然真意之流將

信則不囿於勢位，而庶民憂樂相關之故，而以上通宸聽字
而南方悃忱而親上尊君，無不綿子來之意矣。性情之摯
起法渾括
者乃誠意積於要誠而近者學至哉。感信則性之執手
也。交居上臨下，性是隔閡，誰實取唯君子，操一己之腹心，推誠
信字寫得親切
萬民之腹心而設想無物，民且深感而嘆賴無涯也。道
為牙瑋起衆而深豐微細會之，上不必深用其勸諭
而凜仁摩義之飭，民且自深其責，苟而信素獻餘

再閱一年而後民歡然相得者，初猶喜其日之緩徐也，益久而益至誠

差一年直得題中信而後三字，不刪之可矣

相孚之心不敢避難，謀畏多而力復有振，且隨性情忠愛

而均輸焉耳矣，惟理之順者乃能益強協隸東而小大

相孚以奔軀，信則理之順者也矣，以尊臣子方謂指揮若

意恥唯君子積一己之悃愊，契諸民心之悃愊，而亦無當

有學民且深儒焉，而謹謹惟一也，道至鼙鼓巡功而激

最後民而最後至一，樂焉而民共諒焉，無他，樂民而業與一種

而後字義用遂徹更少快

二段多節格推諸有此詞義太直

為而民共游豐亨我豈不以浸潤漸漬而與民暢然自適乎又非令往日以苟且安也蓋此時亟須行之意不敢少游於雅論而有學之教自是游小假往之感宜焉耳是蓋有信於常者為德游自適舉斯民而勞之游觀飾臺囿以娛情築宮室以燕處者共勸子來也抑必有信於變者為倉庫不虞舉斯民而勞之行役飭戎車於六月歌破斧以三年勞者勿貳爾心也此豈已信者也試進觀於

未編

著眼西湖兩字因意題情處一

蝶葉殘數膴

軒銘呈覽

仕而優則學

仕而有優未可怨於學矣夫仕固不可廢學也特恐其未優耳苟既優亦可怨於學哉且夫政與學不并營未能以政學者也顧學雖不可離乎政之勤抑嘗不可棄乎政之暇既至職於循吏稱之者經濟之外復借助於醇儒粹然者詩書之氣也謂一行作吏而此事遂廢亦吾恐負治之世具矣今天下未有漫然言仕者豈待既仕之後而始計及於學哉

雖然仕而未安廢學意仕則主居心也至動出謀發慮亦
求至周不藏耳動而靜以鑑之則物名之雜掌運之情深之
心胸而才識彌廣也仕則主涉事也甚頌陳紀立綱亦慮
至不暇給耶惟而簡以約之則案牘之勞形簿諸風雅之
涵養而醞釀益深也則雖仕而仍必學也開甚然而國有仕
而不學者而有由仕則學者釋褐北朝詎等於匡居坐
誦之時而自公退食業務受業執經而乃徒慕澤榮觀

奉正大方

兩庚夫出
題布唐於

偃仰而莫之或顧方且以迂疏寡效也則皇然於仕而茫然
於學嘗者總誦經獻之學術雜疏糲踏敢曠此居官荏
政之常特休暇餘閒或可少涉披覽耳乃高談名理尼
祿位而不以自愧且所以塵俗為勢也則累於仕而偏溺於學
者也都得業靡弛之貽譏然則仕將力於學耶不力於學耶
抑入官學古而自有學之蓄積夫亦曰待學優而已知賢
才當效用之時放牧曠者多疏而精勤者獨初同此要也

表度而人以傲而馳情嗜欲彼以傲而商榷古今舉平日之禮
樂兵農恚禮證諸古聖先賢之載籍以考得失以定從違不
特增泛濫之知抑且平躁進之氣古有民社既膺而經緯
不輟遂以養成公輔之[器]蓄能濬知識量之淵宏得於閱
歷者半得於服習者亦半也[而仕者負于學多而學相成于仕矣]豪傑赴功名之會每鄙者爲
纍而醇謹者獨全同此遭逢小常人[亦以]傲而將自詡張彼
以傲而不忘攻苦舉平日之習名勇功恚渾以讀書樂

道之風徽，以勵廉隅，以防滿溢，不特明淡泊之志，抑且杜猜忌之萌。古有位隆勳舊，而志在聖賢，終莫改其醇儒之度者，豈淡漠性情之純粹，得於磨勵者濡而於陶淵者愈深也。而仕不懈於學矣，而學益全其仕矣。此既仕而仍不廢學之說也。讀學優則仕，豈不又可進論哉。

沈念農 師

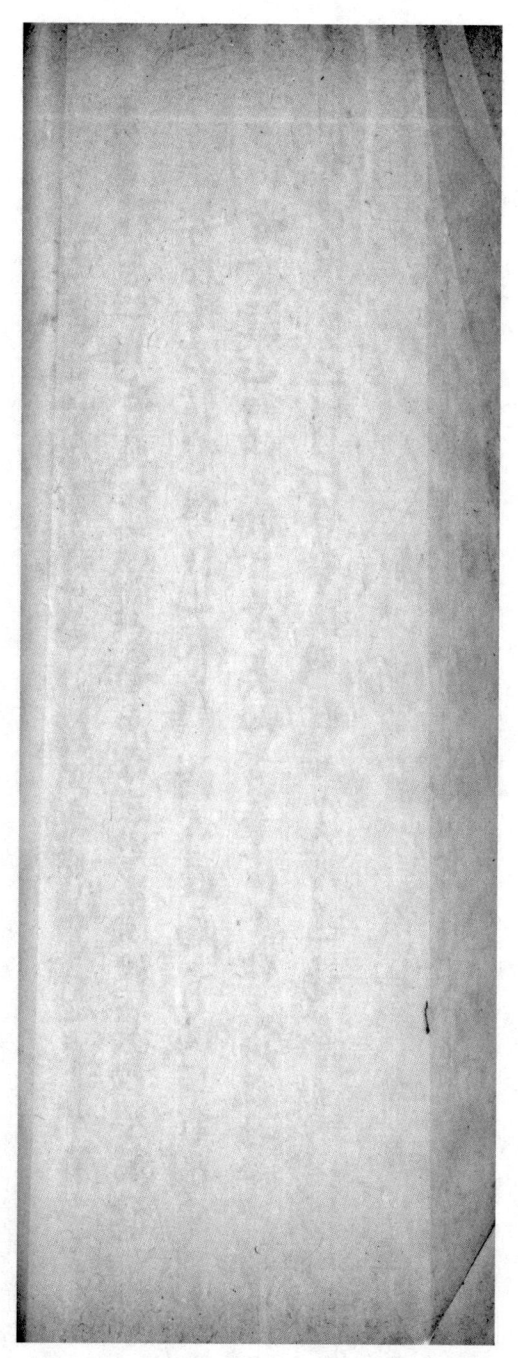

學而優則仕

學期於優，未可輕言仕矣；亦學固所以為仕也，然非優則不可。學者顧輕言仕哉？且吾人一室闇修，固將出其所以有為也。雖然，身豈易言出哉？亦未修而出之，見資治之業方修，而不出又恐懷才而莫展。惟諸身者既備，則施諸世者宜先，正未可稍事遲迴，而甘心於默處矣。然仕而優則學，此就已仕者言也。亦不有未仕而方學者乎？

則字兩層俱到

寬綽秀發

推許允協

工鍊舒巧不傷雅

隨意流開展峰對峙

從來進修之業，要以勝而益彰，天爵自尊，何待借榮軒冕。和平山中抱璞，質固宜完；而廊上負珍，聘詛可緩。褐中而外而惡穩，善宜身也。夫凡着竟之功，尤貴純而不雜。儒行自勵，豈容緩志；推挽和疏，抱膝窮居。居固有韞而干，靈仍志漸，名古墉正己，利人所貴相埒而鈞也。蓋是者則仕與學之常了。然天下固有方學即仕者，與有從學不仕者，若山而錄志勳名之士，而痛

則字輕讀緩 陳叔事深園曰吾陳吾甫也逐者得意荒落治之功乎

讀是語中每一層 沈鬱頓挫 古之人執紫咏攜詢爾音程躅矣而乃浮紫之是偉也

絶世風神 立已也高已宇縱世而嘯歌風雨閉門而睥睨王侯綠園

則字重讀急 讀是語中改一層 曰吾屬吾拙也碩者得無失事業之會乎古之人嘗曰

隱鶴爾爾詩堪蘇矣而乃石隱之是高尚居心也高已

出落處俱極跌宕 一辭則其果為仕計耶不為仕計耶抑嘗古人官而

簡而宜 自有出仕之道耶吾亦曰待時俟命而已矣待命而可虛負

不仕嘗交閑
家論出則字
神理詞華流
設隱必通宗

此僕取泉石謳吟雖已自樂於生平而足於己豈御
於人恐而謂樹樂與葛記論空言豈從諛諸實事
也藏器待時之說不能置以問閭而懷仕爲而文章
可著藝經濟典謨澤諮詢絕綱上六千百年之名理
而審常通變不可徐謝之此日亂循而可拉任宜傲乎
詩書絃誦既已相糾於素黃而通於經不惟於用恐耶
謂哉咸輔相躡有實與寵未自見實樹色懷寶迷

峯相須用
孫大人仕字
十自當化否

邦之議云將何辭以謝和如仕焉而六尉民法於蒼生上
陸吾君於堯舜國家一二事之措施而識踐理事
不可自矜云素志乖蓋方云陸力之初非以仕焉學券
藏修念切意志而可補給而御成之後即以學為任
覺立違情深蹈政何究少緩然則由學而仕者亦待

二小比收東
完發到底不
懈

云依焉可乎

意匠經營心花結撰字字斟酌

詩之渾成詢華實之兼收亦情文之並茂者何而然　吳竹巖師

學以植乎仕之基其體驗者深斯其措施者大佩陳經權未患社稷人民之休戚之何以稱如乎惟優焉而紀綱熟悉於典謨理究精研於雅則其仕也克固以藏蘊待時之下察考焉而未敢輕心矣所謂學而入政不以政學者此也仕以達乎學之所蘊貫及人者廣斯守推己者宏特患講貫乎淵文章經流之華黄之名媲無自耳院優焉而榮玉之音望

於對天人之策猷在廷則其仕也亦固從遺經發用之餘順遂旁而達如本志矣所謂仕行其義不仕無義者此也

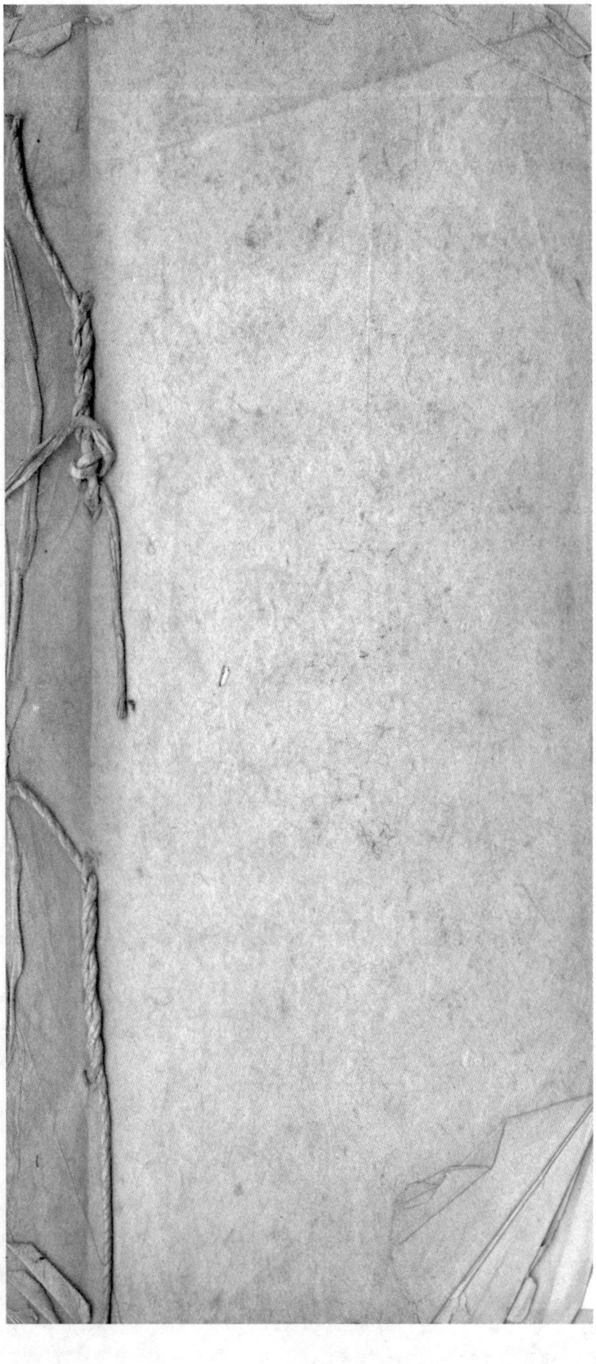

醉經閣詩文續藁

光緒己卯春三月重校

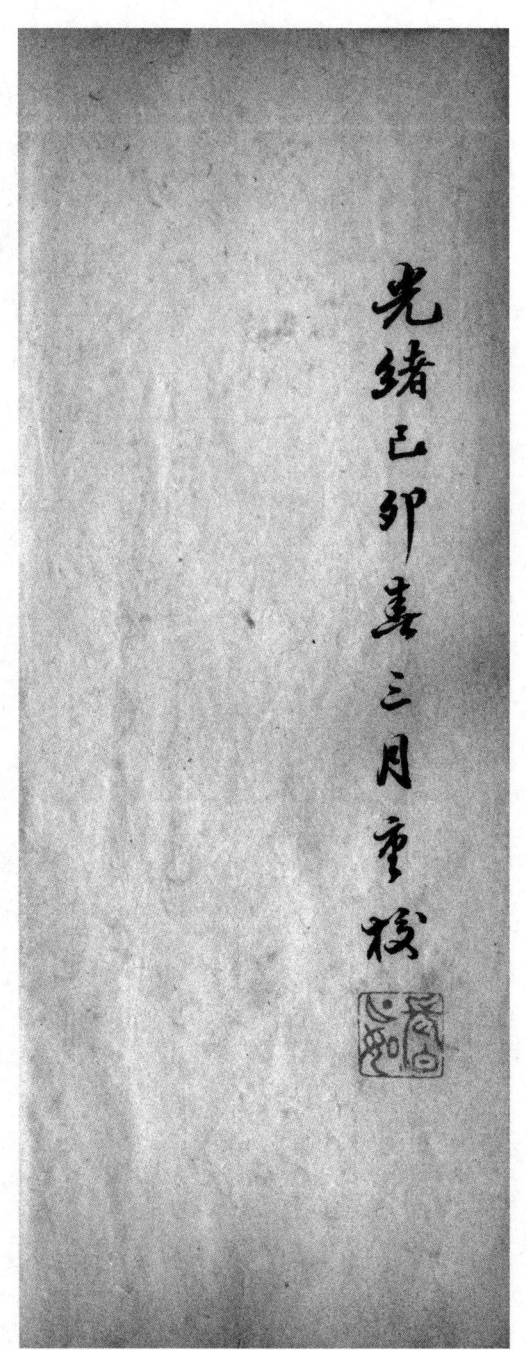

行己有恥使於四方不辱君命可謂士矣
本末兼備者始士品之上者焉夫曰行己曰使命固棒本末而賅之也々説
有恥不辱已非本末兼備而士品之上者乎從來大有為之人將必有於
廉為有守者以周詳夫學與仕之間以有廉為者嚴儒行之防而
後天下有氣節以有守為者重華國之選而後天下有功名夫是以淬
勵於是純施為於是移而品詣之所造不卑卑乎其無裨贈問士乎
夫所謂士者要在於發為純儒出為純臣實措之行己使命諸大端
而無愧焉可耳闇室之藏修王一己而纖檢易忽視聽言動之間乎

時懍於非禮者矣斯時人所貴者士寬而士不宜自寬之事何能而踰
何暇一朝矣足遂足貽畢世之羞大凡士苟越五四方而隕越堪虞
於會聘問之際有不辱於有辭者矣斯時人以為士責而士責更勞
貸也社稷福而邦家光只須於衛遂足修四鄰之好曰有恥曰不辱
士之大端具於此矣古之名義之所關類取於隨恩惟布以有恥之念
以激越中懷故圭璧以重其身名實冰潤時凜於夙夜國家得矣之
所繫甚賴支經猷惟昭然不辱之風以上尊國體固國本於苞桑故所以嚴天威者
咫尺即內以御實學之宏猷且更有恥非第不仁不智非禮非義顯背

於名理大者恥之也是非之際有惕於其微者焉夫行重以己斯任重
道遠不容辭已核以行斯知謗物定有必將縱而行起無可本必有恥而謹
小慎微初不容錯總乎瞬息惴惴焉直較之盟史之紲帝朝之捷而
相繩僑篤也亦可謂檢身若不及者矣不辱亦非萆草創討論修飾
潤色爛耀於詞章者微不辱也經變之間有各得其宜者焉夫使出
於命斯出納喉舌之耗命重以使斯動靜繫休戚之望縱而使
本見得辱僾及於辱而強鄰大國終不能少涉於依唯唯諾諾者秪亦以高而
不抗卑而不抑以相與有成也亦可謂知四國之為者矣可謂士矣是

故聲聞雖洽於隣封操存必無愧屋漏有（砥節礪名）歡本於有守其有餘
畢生節無不足之之而志節既勵於平昔才華尤敢於當聞歷
鄉枌達用積之愈厚乃見其意之衆日自無或竭之屢此士品之上者也而賜
更有進問奢

孟孫問孝於我〻對曰無違

以無違論孝專述〻而意深矣夫無違之旨夫子為孟孫言也今為樊遲更述之意深哉且夫子以無隱為天下訓其挾問以來無不得當而去要未有以隱而未宣者為直境〻思也乃遲時之睽對合意而意或未申斯此際之追隨不言而言於堪湘節一追憶問有怨〻莫罣者已有如樊遲〻御道繼孟孫問孝來也惟時夫子不禁憬然於無違之對已必謂局內之心藏難通之局於對他人緒論何必遽述於及門而今則何能漠置也孟問者孝而孟對者無違假令

下半股與對

比丘易

相印一心非片言之居要乎而孟孫同於無違之外未嘗溢一辭必謂移時之追溯無稽於當時則疇昔偉言何必依稀於今日而余則何能想能也問者孟孫而對之者我即此周旋頃刻或得意之忘言乎而孟孫則於無違之中未嘗置一辭適孟孫於無違一言其知之也耶且不知也耶余獨為難忘於一問一對時也此一問也彼固鮮以實獲我心者就正焉而奉以周旋而欲攝已忘安在進而請業者不且退而驚怪也而幸也對之道如其問也使孟孫默識心融而領悟於吾言之中以無違者全乎孝之體焉且以無違之者盡乎孝之用繼繼焉恪循乎為子

之分而無沿於一對也斯名吾之所私慰者已此一對也我固埜克盡諸
孟孫者約畧舉而示之表準而索解未得要在取而導之者不且引而
伸之也而惜也問之莫（治於一）繹矣對也使孟孫信以傳於好將執手焉言之
中以遠之者為皆乎孝之理而第以無違止為得乎孝之全所所祗
循乎養親之名而自信於一問也斯又吾心所大懼者矣從其情之未慊
於心者雖境易時遷終費（留）踪連而莫釋非多慮也以二三子類夕讀
貫埜凡數詩讀（立身出世）之無不（言）而無賤況乎孝之宜先也茲何於孟孫
之間而情以若有難置者從其義（言）之未盡於口者雖更僕易席要必渾

曲以求詳揣帶雍遂非辨也以諸大夫往來詢諮博采凡蒞政臨民無不理秉而詞
達既爭孝之所大也茲何於孟孫之問而言若有隱諱者以孟孫原在即
以蘊門縱樊遲而未宣要難係夫使及以樊遲從事孟孫縱及非所問何難
假以行中而孰意樊遲果以何謂之言進

君子疾沒世而名不稱論

沒世無稱啟言其名以勵其實也夫君子豈惟名之是急乎沒世不稱則終不稱矣啟言其名以勵其實耳且百年無不盡之身千古有不朽之業人沒而不與人俱沒者名是也以不務名者競聲華之盛而後天下有醇儒以不避名者標品詣之真而後天下有實學心之憂矣日月逾邁二三念君子用皇然矣今夫名也者實之賓也名不可假必勵氣節於生平名不可邀無事張皇於末路名於沒世而稱名不於沒世而礪也夫然而君子於此敢忽乎哉死生大矣窮達利鈍之遭何關得失惟名之灼然可久

者猶充塞於兩間君子乃顧其名重其名舉凡立德立功立言者淬勵

於及時而責無旁貸古今亦久矣知愚賢否之別亦具神明惟名之

煥然常新者猶流芳於永世後人乃議其名慕其名舉凡爲請爲

知爲任青流傳於載籍而發其幽光其名也而有不称者哉有没世不称

者哉其没世亦人之定論者矣名可市而名不堪以市古來權奸豪勢

亦假仁義以鳴高當時畏之者亦爲揚麻而頌德至没世而稱者不称矣

過譽可干於生前清議難逃於身後華而不實直等朝榮而夕萎名

可抑而名不能以抑古來孽子孤臣非無忠孝之可述當時忌之者持安

雖湮跡而銷聲亞沒世而不稱者不稱矣縱數奇而不偶乃欲蓋而彌彰于今未艾豈非積厚而流光奈何有沒世不稱者人當英年抗志傷已百事可為造類氣已乘太息置身之不早縱使著書陳說以冀藏之名山傳之其人無何而手澤尚新斷簡殘編半隨日月而湮沒後之人搜其書追其事且以為空言段托品行究無足傳於世沒而名亦與之俱沒迴首此生以來或飲或合有不嗒然氣喪者乎人當弱歲情多動喜一百年尚遠逝歲不來與驚心人壽之幾何縱使峻碣豐碑亦不輝光閭里炫耀子孫無何朽骨未寒而荒煙蔓草半隨風雨而摧殘後之人步

其地訪其人究不免湮沒無聞雲山徒設其悵望故世沒而稱亦与之俱沒回念此生已後若有若無有不黯然神銷者乎嗟嗟世則沒矣而所謂名者安在稱其名者何人君子曰是不用吾疾吾惡乎用吾疾

六句無易

文猶質也質猶文也

賢者衡文與質並峙而并重焉矣曰文曰質非無輕重於其間子貢並峙而並重之得無矯乎成而亦同槩與若曰千古無〻弊之頹操補救之权者甚無而輕重於其間也光輝自協於萬實踐質於文不少重古樸必穠以英華衡文於質不稍輕是蓋合之兩美離之兩傷必執畸輕畸重之見吾四救弊而弊愈滋矣吾重惜夫夫子重質輕文之言何以哉堅持忠信之藏修而苟不炫耀以詩書之氣澤則含真抱樸何自而發其色涵文可無文亦何在可無也一密時言語而以為語雖黃上湊郁〻之盛

矯枉過中

治必綜形跡之脫畧而概不周旋以晉接之威儀則享羞徒情何在而直遂乎
欵曲質可尚質亦未盡可尚也兩義相譏誰可以予念慕世妄饕餮之遺（善了思古　寧言敢抵）
嶶文也質也要未可輕重於其間也兩間之象形以文質而昭著要自成安
載之齊於天下文而日月星辰固揭輝而煥彩即地事質而山川嶽瀆亦鎮矣
而鍾奇果孰謂在天成象者不必在地成形也何獨於文質而軒輊若此也
三代之因革以文質爲權衡要各相承平之治於殷尚質而商邑志頌早
詠赫濯於聲靈即周尚文而有部律基亦本艱辛於稼穡果孰謂在
殷爲因者不必在周爲革也何獨於文質而逕庭若此也豈亦曰文猶質

也質於文也天下兩相需者必兩相待苟禁其相待持論亦殊覺未平文質相間
色與質有對待之形焉故循蜚疏佗黼黻在唐虞以前崇德象賢議是鮮
垂帷襟裳之內天下兩相待者無兩相尚必強以相尚矯枉亦嫌於過於
衷文與質若加尚之又焉故興能興賢若非公輔之選立言立德同屬
不朽之稱如是而猶曰何以文為則必悃愊無華棄郁貽誚者皆無愧
先民例以立本之意雖曰不然而惜也立言之已偽也試思土鼓蕢桴何
以易而為朱干玉戚黃劉草服何以易而為黻衣繡裳吾子厭文而因
欲盡去其文亦知無文不行者矣有並喪其質者哉如是而必曰質而

已矣則凡追琢其章金玉其相者崇無當大雅准以折中之論豈曰
其然而韋之國鈞之非爭秉之識思賦蓼蕭而不合何以稱彥達理
誦芬論而不知何以稱彥尚德吾子尚質而因欲獨存其質亦思質
勝則野尚質有借論於文者哉試進以韓喻

可使有勇且知方也

賢者使民以知方、非徒恃其勇者矣、夫苟勇不可、勇而徒恃其勇亦
不可、有勇知方、放有可必之三年者、從來撫制勝之策者、固恃氣之有
可乘、而惟志之有所向耳。氣有所乘而干城之資民既不散而其加志之
所向而勝心可寡民益不可散而其情以志帥氣氣彌勇奮撫此以清夫化
國步維艱之甚處也、以千乘而攝乎大國師旅復因以饑饉由也爲
之且及三年矣、創鉅痛深之日斯人之壯志亦錯爲由慮者或以撫字
維艱耳次追以三年時鋒鏑餘生與之言休養則喜與之言戰陣則憂

其氣尚可靜而不可動輸粟當艱之年國家之元氣已薄為由虞者
盛以措施莫自外況剝以三年將帥嫌隙忽与之謀身家則國与之謀
興國則廢其氣尚可逸而不可勞果爾將積弱之勢不可乘而遺大投
艱士徒拖惜於知己多故之情不可議而拔危救患毋爾何輕於知人哉
衄也國可使氣有勇矣亦不素以歸衛人興歎於擊鼓久而不召清人
致慨於棄師縱執銳披堅若爾軍聲莫振耶由今者撫凋殘之眾
與之蘇其困厚其生俾涸涸者強志氣激而奮其俠烈之雄而殺敵
為果致果為毅有抑鬱而難自拔者彼前茅慮無中權後勁於

其談兵者也。其精銳有如此者。且可使民知方矣。夫執干戈以衛社稷。
死生以之。說禮樂而敦詩書。帥師有奇。縱靡旌摩壘。要惟毅懷一可風
耶。由今者驅奮擊之雄。示以尊其君。親其上。捍疆場而不虞。肯躊躇而蹈
其扞禦之加而公而忘私。國而忘家。有艱難而莫能遏者。彼無弱攻昧取
兼侮亡。尤無慮乎者也。其忠貞有如此者。此非第競以力也。而且相孚以
心。試思憂王事者。采薇則靡室靡家。脩矛戟者。江漢則既敬既戒。
安在材官技擊。不足優游漸漬。進而言大臣之昭垂乎。故苟勝以加
藥。
不如苟勝以心之治道矣。民忘其勞。民忘乎死。而何虞甲之物而何虞

為曹之役。亦非以節奮以武也。而且相揆以文。亦思討國人而訓者。示信亦禮。討軍實而儆者。以整以暇。安在擐甲執兵。不足鼓舞奮興。進其言也。戎之懿德和。故武術之奮。不必文教之揆也。進至席貴脫劍。戎術通經。而師亦有君子之名。兵亦有仁人之號。由之者如此。

君子和而不同小人同而不和

即和與同以覘人品，要人必辨之於微者。夫和似同而非同，同似和而非和，君子小
人情異而品自殊，夫子收微辨之耳。從來君子小人之間，一公與私而已矣。自其
待人者觀之，公以溥而私則狹，能與人同，要之暌則曰周曰比，自其論世者
觀之，公以直而私以阿，與易……同緣於利，則曰和曰同，人必自忘乎矜持之
心而後與世矜持者相遇，旨而輒投化，和固無往咸宜乎，祇本此意氣
以相周旋，可者睦之，否者睦之，而其時枘鑿之見不動於中也，和也。人不
然，徒務詭隨之術，而後與世詭隨者一見焉而輒投，同固同……無……

樹堂援

以肆其譸張以相徵逐是則義是非則我非而謬許臭味之投行特以

類然之同也而吾於此有以窺君子小人矣剛方者其性正直者其情唐求

交際之間謬謂難得其一當觀君子者蓋亦於其不和耳又人不同而並又為頗和不存

交欲存其理理之所在從衆和即違衆亦和危於邪錐之地乘若不出甚

相見以爭執和不少假依回苟而穆然其可親者不卓然其不易靜把陰險甚

情其謀傾軋者其用唐密笑語之際勸謂不可與為緣視小人者或又不知

且又為不同耳頗同不惟其義惟其利利之所趨以交相孚即同則先而同交衡難困

苦之狀亟每為恤身家以相傾危和不少為援引苟而論訓以相從者

不排擠其莫顧太極精明之用立即原然由渾厚而來由不福已那不循人

不同適以充其和之量巧詐之端即不社媚而厲不惜厭功出鮮充

有終不知早伏於同之中古今是非之理使在出較於不移之數則

公私之意氣者本惟有間於將似者而和其同雖當不怍物者不附物

游移無世浮沈行且栗據而為側

益以氣形忽之平以要逢人者樂趨人益以工免械之計乃至正言危論

忽相契以神明附和隨聲終論者於以敗而後知君子所以終於和矣而

後知小人所以苟於同矣吾人交際之途使盡安於保俱無猜則

公私之念慮青淡惟有界於猶豫者而和與同形其人能與之中

棒世雖千以委曲娛人以委蛇之態辭瞬臣肆其譸張乃至詖以成志
是合　善不忘責善情疏　親得間即以懷利乃成
督終出變而神契毋以壞督妨貌督而神離而後知不同適以竟其和矣
而後知不和且益見其同矣

為人臣止於敬為人子止於孝

奉臣子之至難者而敬與孝又得所止焉夫臣與子不易為況為紂之臣
為季之子也曰敬曰孝文王不又得所止乎且自殷祚漸移之日臣不易言
克勤世德浸昌之年子尤難云無忝古聖人嚴尊尊之義列蕃服而矢
靖共奮積積之思肩繼紼而隆纘述極一時尊親之宜立千古臣子之
則通貫變而協於常有非難易之說所可拒奪者已試觀文王為人
臣而得所止焉剝喪元良殷仁殘安於執節播棄犂老家耄亦
嘆於遊荒臣而際於紂有難於為臣者矣剝圭瓚秬鬯之頒恩隆

世守弓矢斧鉞之錫寵自親承以文明柔順之躬忽慶風雨於黍
主得無盛滿是虞乎乃文王則敬而日所止高震大有祀之聲霈
伐密伐崇討不庭者主愾合八百國々景附脩朝修貢漆隰尺者
天威即垂獻洛西而炮烙除掃四海待蘊之民困消如燬而父母頌
留商王已去之人心翦尔在公統一生之陰甚安危一擧以翼翼之
小心撫琴所以思天王明聖也故雖嬖若崇侯有不能譖忠如祖伊
有不能譽至賢姞姜嫈々朝悍然卒至而悟惡而庭職之性何如哉
更孰謂虞芮質成歧周有改元々事而伯戡黎文考省觀兵之

来哉且觀文王爲人子而得所止焉遷邠遷岐先人之草創雖啓佑
邦作對後嗣之纘緒維艱子而處於季有難於爲子者矣矧荆蠻
遁跡伯也讓位而不還西土誕膺季也因心而則友以循仰揖讓之際
别有寄托之深心得無隕越是懼乎乃文王則孝而得所止焉爲文百
哉宏其規大畏小懷克建王迹於既肇篇十四王榮其緯開基溥矣
承篤周祜於無疆且也綏於萬大勳之集前人之亮節忠心於以
昭垂於增維新之謀後世之祖功宗德承無替孝思不匱統一世
之艱難辛苦青本以亹亹之函思歌詩所以知惠於宗公也迨至上

帝既隆其眷顧古公已卜其其代與居家國漸易之日蔚於獨眷其大成而子道之隆何如者更何論寢門視膳第循世子之常職事且不必第供吏臣之義諱哉

子路人告之以有過則喜

勇於改過者告焉而其心可想矣夫人不能無過告焉而喜更勇於爲過也可知吾子而以爲物想子路殘從來尚氣者每存以不欲下人之心而行自喜焉不知氣愈矜而心愈肆心愈肆而嫉愈諱於是而仍執自是之見以坊爲掩藏無論規諫莫由也有之亦坦怨能莫醒矣若是者盡與現子路夫子語何如人哉其賦性也剛剛則毅然自任謂予情其信芳耳瑕日滌而玷日磨一入鹵莽之胸懷有視爲平等高論者安望甚殷殷不倦猶深就正之心其從事也甚果果則[illegible]法謂人

言之何恤耳繼其愆而糾其謬一經宋儒之纍密論之耳目所置之遠然若
忌者安望其抑之之彥懷無改於諫之度果爾而子路尚以有過自儆哉
斯有過而人且有以過告子路者哉乃孰意子路竟有聞而喜焉者過期於
寡未言寡敢言喜乎顧甚不惟其過惟其告告之數日多而過之數日
少喜其告正喜其寡也我立之監我佐之史彼其之子所乘何以告之
矣過急於改未言改何言喜乎顧喜存乎告不存乎過過之機未著而告
之機已形喜其告即喜其改也十目所視十手所指所見君子所為乎
胡不喜矣想其闇室潛修懲忿者有年窒慾者有年時然檢束未

周過或乘於忽微而不覺斯時之子過路有神往於告之者矣緬修名
之不立莫監前車惜攻錯錯無咎徒殷勤滌備使耳有提面之命
良朋匪邈得不規我以多方乎則勃然奮興初何啻火之燃然而泉
之始達也喜也道孟延恥發微者有人摘伏者有人惟是攻瑕
藏錯交資己于纖毫而莫遁務在過淺深擇而靡遺斯時之子雖有心契於告之者矣敢懷於
其雖面折而不撓於借規勸於真己心傾而無時或釋備使面則從
心則速益友雖多誰復匡我以不逮乎則欣喜若得何難乎除惡
務盡而樹德務滋也喜也以過告則其勢甚逆逆者而順受之喜一所為

油然而生也雷之厲風之行易所爲取象於益乎以視顏氏子之不貳
過有同心矣以過告則其情甚苦〻者而甘居之喜所爲欣然若得也
滿招損謙受益書所爲相儆於謨乎以視衛大夫之欲寡過非二
致矣試進詳文禹共舜

人無遠慮必有近憂

慮必於遠聖人爲弭憂者戒焉夫慮在事先憂在事後慮之不遠憂至無日矣于故爲弭憂之戒乎嘗聞思患豫防誠以患之來時乘人於不及覺惟必抉患之所由起而豫爲防之患未至而所以防其患者無不至斯孰思審處患且退處於無權不能者鈍置其心怠而苟且自安焉以自貽伊戚患有不至待者矣夫人所患者惟憂所以弭憂者惟慮夫慮必豈易爲淺見苟安者道哉古聖人勵精圖治必策其全於久安故尔哉尔謨無熟總乎數十世之前與數十世之後非多慮也

預戒其無乃無咎而可以永保士君子克己者身必謹其幾於幽獨
敗一言一行每熟計之于萬人〻是其于萬人之非〻寡過也預防其
困乃困焉而不失所亨審夫處也審是而更何憂乎而亦知其處之為已遠也矣
見古人之不及慮者矣選懊性生動謂成敗有數無事研索者也一旦
勢出非常而跋前疐後將見困循於始而憂中於寡廢處矣叢脞廢弛
於繼而憂中於廢處矣張皇叢脞於終而憂中於敗處矣於是嘆今之
災生无妄者悵向之失笑慨惕也而尚冀未遂之贖哉又見古人之不
暇慮者矣鹵莽自恃動謂壯往有成何事遂懷計也乃急事机中

變而左支右詘將見憂在遠以為而處昧於幾矣憂在滅裂而處
蘄於已然矣憂在從容而處昧於既然矣於是嘆咄之禍不旋踵
以向之憂於遠因也而尚祈永終之吉哉噫憂近矣有必於者近昭其
時之刻不稍緩也可想而知矣無遠慮者亦謂是時有可待耳顧凡
為有待而處以疎不見為有待而憂令迫旅此禍患之互起迭乘
者初無頃刻之或寬戒履霜之占所由堅冰蓄至矣而胡不處善
以動也近則其地之相逼俱來也可想而見矣無遠慮者亦謂是地
有可容耳顧見為可容而處之地有餘不見為可容而憂之地時促

祇此危檣之環以相伺者和不咫尺之或儆戒剝膚之象所由痛切於
虞矣而可不慮患以深也

君子食無求飽居無求安

以無求觀君子有不僅於食與居者焉夫食以求飽居以求安人之常
耳君子不然豈復僅於食與居者哉今夫人苟有身必以身爲先求
焉爾貴積微而不憚求以養其身斯身腹有必充求以奉其身斯寢
處有必適不多其求於養與奉之外益遂其身於養與奉之中營
營者惟知有身也吾見其求之焉已膚矣夫子曰足食也是務也身之
食必求飽居必求安也則未嘗一奉焉於君子之食嘗人之所以生於饔
夕飧飪宜精緩於一日豈君子而竟之廢食乎顧君子不廢食君子亦

若不暇食式食之所以庶幾也居為人〻所以藉出仕入息得無訖可
以小休豈足予而竟忘居乎頤君子不忌居君子不若不遑居攸居之
所以爰適也審以是君子亦言食不言居矣雖然吾且思之人情必中
無所味而後味之嗜濃於知者遂溺焉而莫惡膏粱饜飫之間生銷
幾人之壯志矣而求飽者不知也故食而未能固多抑鬱〻戚情懷
而既飽尚作留連〻態一哺三吐之謂何而乃謀為一飽乎人情必中
無所憑而後憑之托於外者遂歆焉而莫釋紛華靡麗之境貽
誤終人之英年矣而求安者不顧也故居之未安固多歆羨之志

居而陷安於多依戀之思不遑寧處之謂何而乃耽於一居乎吾不禁慄然於夫子矣終其身於食與居之中而淡泊寡營原不必離人群而立於獨食云則食期於頤不期於豐居云則居取其履無取其泰生與居食為緣生不與居食同盡也棲食與居為無足重輕之事而吾得々者第率其簞瓢陋巷々常趣其心於飽與安之外而恬淡自適夏不必矯其情而拂於洞館也睡之無取日昃之不遑安也睡之無事坐席之不煖心不與飽安相左心亦不與飽安相期也任飽與安為避逅之遭而恬々者別有其蔬水曲肱之樂

此稿未完

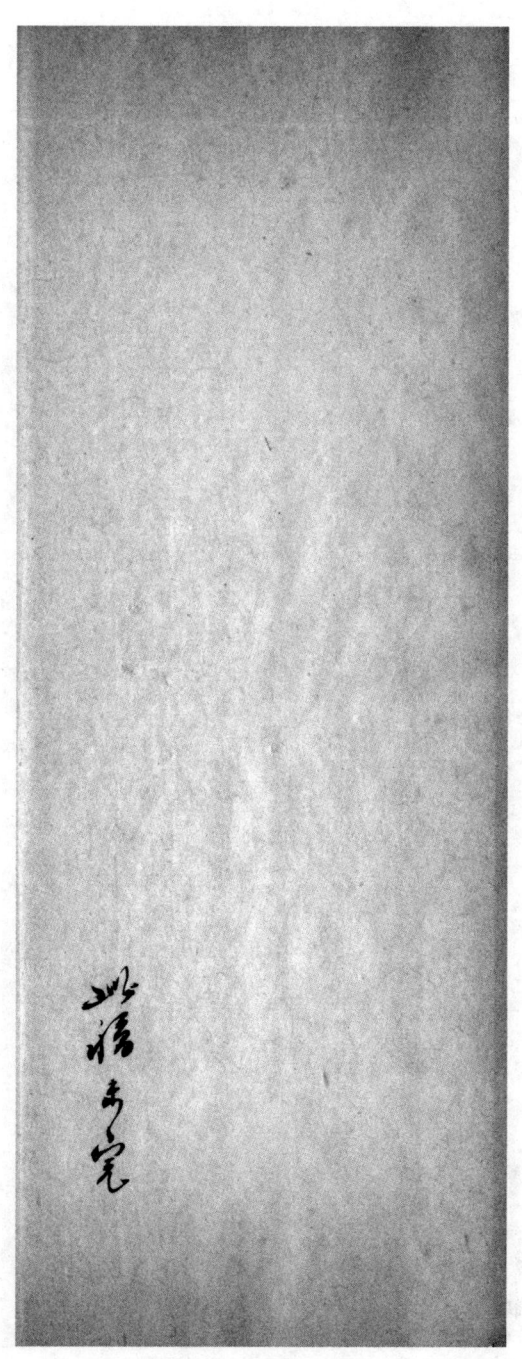

有土此有財

觀君子於有土之後知財之不能外矣夫財非君子所計也然即有土而遽觀之其有也不可為君子進驗乎且天地有無盡之藏聖人無貨利之殖要未聞以四海富有猶慮一人敢攜者聿古帝王慎守疆域惟矢兢業於萬幾而德兆綏豐自見効靈於百物不言利而利有如量相償者此其故可深思矣如君子有土亦第知守其土耳何嘗計及於財哉不知五行之材無遞嬗於土之中而始成其質土固蓄五行之秀者乎故水火金木厚生者

獨允賴於坤靈而六府孔修要必因廣大而歌其美備百產
之利並鍾毓於土之內而咸炫其奇土固孰蘊百產之靈精者乎故
山川嶽瀆望氣者早已神其孕育而四方肇域孰能論幅幀而
罄其包涵以是而財之必有於土也明矣禹書紀敷土之文而九州
之貢賦獨詳頌成功者所爲美禹之德也顧惟黎惟壤惟墳色
辨其五上田中田下田賦制以三古君子任土作貢重譯且就琛奉
贄耶更何論瑤琨篠簜貢於揚齒革羽毛貢於荊銀鏤璆鐵貢
於梁始足徵禹甸之攸同乎迨至德音遠播直訖於侯綏要荒峯

凡賓貢斿貢服貢貨貢莫不航海梯山共踴躍於輸將而版圖
於昔日擴矣而封納於昔日宏矣周官掌財之書而職方之攸司
並列慶昇平者所為美公之德也被國廛漆來之征屬其事
於地官井牧壤賦之政辨其法於土均古君子物土之宜寰海且
來享來王耳更何論毛物臯物宜山林鱗物膏物宜川澤羽物
覈物宜邱陵將是紀周京之底貢乎迨至德化覃敷遠迄於閩
粵戎狄蠻髳凡其利其民其畜其穀莫不按圖考籍仔悉致于
宗邦而帶礪於以永年矣而食貨於以不竭矣是故田畝之樹藝天

庫積貯也山海之珍奇內府秘藏也九園之共珠朝廷戴贄也言有土也必有財也孰云如此哉此蓋有自致之理焉夫古之君子原不闌阡陌之謀耳顧謀求之財不可有而生成之財不能無其理之本於自致者初無待於銓衡而直可操券以待此蓋有相因之勢焉夫古之君子原不闌筐車之務耳顧財權於人其數或絀而財本乎天其源自濬其勢之出於相因者直若合乎符節而不啻如量相償有財如此更何用之乏慮乎

居之無倦行之以忠

合居與行以交勉立政之心見矣夫政之存諸心者曰居發於事者曰行子合無倦以忠而勉子張立政之心不亦見乎從來張弛不足言治也粉飾亦不足言治蓋治本於心嚴一心之動靜矣夙夜以防怠荒篤忠之眈誠對大廷必以盟幽獨以心策治治益理焉以治鑒心心彌摯焉知此者可與論治矣師問政乎師蓋以奮發一時煊爽庶績以為政乎不知政非務圖也亦無奢貸也其心不可怠其事不可假也夫亦熟審夫居與行而嚴辨夫倦與忠而已東晉者人生固有而靡厥子

校草野亦待於陶成敎圍政所亟覃顧義不惟其跡惟其神操
切以爲教、、以格而雜入張皇以爲教、、亦膚而易浮辛之訓迪煩而侈
生緣飾起而忠替安在教民者厭談多方争且夫侈不中於頹廢之
日而中於發揚蹈厲之日喜事寡畏事之坊也忠不離於悃愊之人
而雜於矜才使氣之人鶩名者敗名之漸也惟合居其行而各盡吾祿
以居而漸可大可久仁摩又不必其功於夕朝可大仍期可以核以行而發貌出之
一本其中於无妄間世亦可以問心即使數十傳而後者本此剛健萬
實之神明以相與終始吾觀守業之主其精神有倍於林創者矣

聖誠之君其感孚有神於英敏者矣孰非無倦者奏承平之績
以名者握郅治之原哉厚生者經國之謀治先也而樹畜農桑顓愚不待
於疆理養周政所宜先頤養不於其法於其意為國家養
元氣精神畢注於數傳為萬民養休和利樂育闓於念慮備
使覬愒生而倦乘於不及覺率行久而忽隳於不自知安在養民者容
保無疆乎且支持久遠之規模苟不隱勖以中藏倦即無而志且日
替之極篤棐之悃忱苟不永圖以久道忠敬摯而倦亦環生之惶繞
居其行而交致焉居之亦誠而祈寒暑雨時廑祝咨青蘭宵旰之憂何在為息

肩之躬行之力而春耕秋斂無非述者之典何在非疚心之端即伏偃
萬彙之遐蹤逐以瑕知本曆之意志以與為轉移吾觀數世之叔
季有隳於始勤終怠者矣萬幾之叢脞多債於龍淡慕名於
矣孰非無倦者惕若於平時以存者省察於隱事哉

人之生也直

聖人重念人之生知直道有難誠者矣夫曰人曰生固有未可苟以為生者直道在人爲人所為重念致嘗謂人受中以生中也者至當不易之理也理本於生初受中所以定命理全於生後履中所以持身統一生五倫百事胥可以至當不易者繫之而生人之機遂於生於此以綿延乎不絕吾因有念於人之生矣於生爲別之曰人度必有所以為人者而是理是程乃不與羣生同其食息全乎人乃全乎生清明之志氣遂有以首出庶物而卓然不移於人而重之曰生度必有所

以為生者而可大可久乃能與運會並其精稍得其生以得其人真
固之精神早有以獨越羣倫而確乎不拔若是者無他直而已矣今
夫直也者本於天地率於帝王所以維持人生而相與終始者也直
本於天地易簡之理已括乾坤易簡者直之體也人本天地之體以
為體而為之為性率之為道具一生即具一直且生不一生直亦一直也
故生以載直直以維生有此直乃有此生有此生乃有此人矣直率於帝
王公正之風猶存三代公正者直之用也人道帝王之用以為用而踐
而後有形形盡而後有性未有生先有直且生所以存直乃無窮也故

直宰乎生〻，根諸直成直其乃成其生成乎生乃成其人矣夫直心豈
易言哉不維其情維其性不維其跡維其神喜怒哀樂情也無以規
矩之則情蕩性則其規矩也（非直無以定其性）祇此天真之流露任喜怒哀樂者不得
以知覺之名混其本來之善而毅然自定其正直何如者合正直亦
愈精明生為人者祀為神則沒世猶生也而奈何不維持而力保之也（非直無以葆其神）
耳目形骸跡也無以範圍之則跡流神則其所以範圍也哉舉此剛健
之胸懷任耳目形骸悉不得以氣數之說擾其靜存之體而卑於自伸
其直亦何如者合直亦愈強固生為人極宗為聖則千古猶生也焉

奈何不愛護而曲全之也嗟夫直之足識大矣哉天地以無私而成化帝王
以無私而成功聖賢神以無私而成能以全生人之性情以衍琳邦德來者
孰非是直之務古不敢而扣身維持於不墜代後之何受育圖而不出也

知者樂仁者壽

合樂壽以進觀知仁之效見矣夫曰樂曰壽要即本動靜而得也進驗知仁其效不已見乎嘗思不一者境欣慼時位乎遭逢而考之年修短且關乎氣數惟有聰明厚重者出乎其間胸懷磊落隨在以適意之方涵養深醇歷時有不改之素此其故蓋有操乎境之數之先者而境與數均不得而限焉已試因動靜之體而進觀於仁之效宇宙亦大矣自庸愚觀之時若置身之無地功名勢利之場得之則喜失之則憂此心日形其踽踽安望游神於穆達天

者自能役天歲月亦長耳自機械觀之時若惟日之不給〔足〕酬酢
感應之際因其精神勞其筋骨此身日漸於銷磨安肆失志
安貞立命者自能俟命惟知者優游自適心融見澈早有以濬
其襟期而做往咸宜直可與鳶魚同其飛躍惟仁者貞固不搖
理是神究默有以培其根本而元精自固直可與日月共其升恆
其樂其壽有固然者是非旋觀物外別有其自置之方而彌彌善
得也祗此豁達之胸懷信乎天不擾乎境捧凡或順或逆或窮或
通境有不一而天天暢然自足者無憂無懼毫無窒滯也若毫差

滯空斯樂之真矣是非希志大年別有其攝生之術而悠悠無悶也
祇以堅滋滋之質性持其理不計其數舉凡為耆為老為耄為耋
縱數有不齊而理之昭然乎古者亦游亦休不少移易焉夫不少移
易斯壽之至矣人情以有所繫遂局促焉而至之懌豫之忱知固周
流不滯而無時或繫者也曠曠然塵物物緣任艱難險阻之備投悲
有以位置焉而各適其意心曠神怡塵俗早袪遺累識高行卓
險巇盡化坦途誦衡泌之詩所當樂以忘飢矣推其意覽所謂
樂其心樂其道樂其貧者猶未之盡乎秘藏也而何思何慮恍

然一沂水春風之景象也哉人生必有所撓遂游移焉而失貞固之權仁則厚重不遷而無時或撓者也靜守安敦〻謹任紛華靡飄之踵至者不能撞搖焉而少撼其天積之厚者勢必崇神明自古國德之隆者報必大精策弥貞衍洪範〻福所當壽以居先矣推其效覽所謂能壽身能壽民能壽世者猶難罄受蘊蓄也而尔弥尔性孰非此民胞物與之庥徵哉也

故好而知其惡惡而知其美者天下鮮矣

好惡必於知至人爲修身者戒不爲夫好以其美惡以其惡也固矣能知之者鮮乎故爲修身者戒而且夫交際往來之地要惟是好惡爲大端爲人情所莫外顧人非用情之難惟用情而不泥於情是以其人以其事而詳察其情然見其情斯好亦無虞其溢惡亦無虞其苛而情不誤用者人不能莫遁其情審如是誠戛戛乎其難得有如親愛畏敬哀矜於好之處也賤惡敖惰惡之處也亦曰好曰惡非必有其惡其美者在乎要以者好惡之用有美惡而其用於彰第

好云好惡云惡舉義惡之互見交投者而置當不同則好惡必於位置者其惡小義惡誤於彰障者其惡深也不渺者義惡之形有好惡而其形莫遁惟是惡其惡義其義將好惡之隨感相應者時雖然以此故義惡遞為乘除事在人好惡貴適分際事在己也夫好惡豈易言哉吾見夫今之好人者矣發策投勸謂自信有素將並其人之始終本末以為無事深求矣夫人亦何在可一端信其或大節無虧而不矜細行或壯志足取而際遇未遂忽執一端而遽信其全以知其義而未知其惡屈斯人以偉進之門而其好也為己

縱吾又見古今之惡人者其臭味若迤動謂怕其有真好惡之其
人之動作周旋以為卑無高論其古人名何在可一端棄者或宦寺
婦人惡忠惡孝有可名或孽子孤臣原情原心以為取必執一端而
並棄其根將知其惡而未知其義拒斯人以自新之路而其惡也為
也苟善惡者是第知好知惡而未深知其惡其義也是義知其義
而好未知義之從有惡知其惡而惡未知惡之從有義也夫亦理之不
可以拘墟求也必謂好與惡並兩相待而好惡之用偽已枯矣曰好曰惡
亦義惡之衷於理者不可沒耳莫逃於更雖疵瑕之必摘情雖

不盡若蔚蘢之靡達故好而知其惡若最中自有完人惡而知其
美類寡而亦無棄士其詳慎何如者無詳慎而貪精明當閒好惡
中有如精明如是者乎吾不禁悵然長慕矣天下事不可以輕變試
也必謂好與惡第兩相捐而好惡之用為已狹矣且好且惡若美惡之形
於事者為甚昭耳例以春秋之義惟賢乃責其備非以風人之懷
雖刺亦必其情故好而知其惡君子若退然思阻惡而知其美小人
若奮然自新其出正何如其貪公正若蒐精詳為閒好惡中知有精
詳善此者乎吾不禁愴然獨想矣天下鮮矣試因儒之為害進論之

克伐怨慾不行焉

賢者以勝私自任而信其不行焉夫克伐怨慾私也自信不行斯勝私者至矣憲固以所能進問欲嘗思從慾者心也而祛慾者亦心以心從慾將互起疊乘慾日滋而心日晦以心祛慾將滌瑕盪穢日心定而慾日消不能無慾自不能徇慾此其心早委於堅貞之地確乎其不可奪至哲之涵養本乎性不熾乎情性之所全情胥汰焉廓然物我之公舉人生適意拂意之遭患不得以哉樂哉憂請擴此中之鎮定儒學之操修綜乎理時係乎氣理之所援業哉乘焉 綜持感應之集

舉吾身若得若失之數時不禁或喜或怒日漸遷物以游移於是有時
而克焉則好勝者是伐焉則自矜者是怨焉欲焉則忿恨常奧者
是恃己所長者每傲人以所短矣其伐有相因之勢焉夫人亦祇此浮
誇之習競相尚耳薄技片長輒自詡精能幾將無出其右者而克
之未艾伐已相乘也愧己不足者每羨人之盛然怨與欲有漸至之形
焉夫人亦祇此報復之心不能忘耳纖隙細故每時縈寤寐幾有求矣
不忌者而未嘗其怨已蓄其欲也且四者之中克其伊始何也幸其已
克而伐心生怨其未克而怨心生冀其將克而欲心不生祇四端之互爲

乘除日往來於胸臆之中而不行者其誰抑四者之中欲其所歸何也
不滿其欲而怨心生既滿其欲而伐心生未滿其欲而忌心又生禍四
端之萌爲起伏日循環於方寸之内而不行者其誰從來積詘爲在形
諸外不行者先檢之於身當夫闇室潛修和未萌於酬酢際也乃至
端而加人之心起無端而凌人之心起若端而猜人謀人之心又起於
心不出於心得形乎身矣不行者只以加人者反人於平路以責人在
責己何處何思前此之綏丞皆來者一旦渙然冰消也斯不行乎乎也
從反感於外者應於中不行者且省之於世當夫物來順應亦何事

際於意見爲也乃浸假而勝我者有之浸假而誣我者有之浸假而欺我觀我者又有之迫於身不返於心將較於世矣不行焉而與物爭爭時時自居人後靜觀自得處處常讓物步人前此之謂張爲幻者一旦怡於理順也斯不行於世也敢請於子可以爲行矣

所以動心忍性增益其所不能

增益必有所以大任之屬不偶矣夫心不動而日錮性不忍而日漓有以增
益之斯大任之屬所當不偶能從來非常之事必待非常之人以任之而
天若不虛為者蓋天下事中於怠玩者半中於虛憍者亦半惟有
以振其怠玩之情與虛憍之氣然後精神於是練器量於是宏
功名事業忽於是而出將降大任雖若此天心豈無所以職精神日
用而日生心者精神所由以出也逸則昏昏則惰而一息靈明皆銷於
沈錮而不覺塞而驕之庭幾猛然深省也是故存心宜靜而儲心宜

勤度量日抑而日宏性者度量所由以觀也輕則驕〻則妄而畢生
功業皆債於剛愎而不覺遂而折之底蘊已然思過也是故養性以
貞而制性以忍動心忍性凡以為不能計耳雲賢立說之方驚於高
遠者尚可截安於淺近者不屑數此其故亦繫於心耳然將降大任
而天乃無以試之若此乎險阻疚嘗觸目皆可憂之境艱難備歷
畢生亦不測〻之虞有以動之覺平昔顛情〻緣一經危險震撼〻
叠乘而釁覺倍矣曷常也至此而心益明澈矣古今事業之疏漏
於〻猥瑣者其患淺隳於闒茸者其患深此其機無係乎性耳然

將降大任而天乃無以嘗之以致此乎蹭蹬於平歲世甘居人之後畢
躬於菁其人時讓物之先有以見之覽風昔抑鬱之憾一經情
儲攻取之術而刻苦修滌平日也至此而性益沈潛矣而天於是未
增益之物必因其屈乃可求其伸非難偏投祿是確信斯人之具
故不益而益臣見上天之眷顧人既安其常必先遏其愛晏安鴆
毒安在磨勵斯人之方而益而不益仍在斯人之取求天能畀人以福
命未聞佐人以神明必謂古之豪傑悉皆磨迪於彼蒼論若諸務
而鮮據而謂增益者必其人可以增益者也蕩之思之覺前此之雄

才俾畀一旦而俱學至之時年至之時而其用愈神故膽險論危天之所
以限庸愚實天之所以興豪傑爲栽成之至耳天雖限人以業數
未聞任人以知識必程揆世英明者以精稽於上帝諒亦偏憐而垂
僥所謂增益者必其人善于增益其之能勤懇思覺圖存之深謀遠
慮盡此而精益自强精自强而其功始精故遠招拔儘天之所以抑
傑士實天之所以造人才斯真鼓舞之机耳天之降時大任喜如此

原泉混混不舍晝夜盈科而後進放乎四海

為原泉述其詳有歷歷可觀者焉其曰晝夜曰盈科曰放四海原泉之詳可見矣孟子故歷指之嘗謂百川學海而至於海此第竟其委未嘗一溯其源也顧不溯其源則無以窮不息之神無以占有本之義更無以見滙集之歸其源遠者不竭日進者無疆循源竟委此中之曲折縈紆可歷歷觀矣吾不禁因水我一嘆而為獨想焉其原泉其水不以原泉始水可占原泉例也水不以原泉終水必自原泉始也當其汩汩其來浩乎與日月相流轉悠悠不竭沛然偕江漢以

朝宗、無停机也、無躐進也、不撓而安流、不驅而莫禦也、則何一驗矣

原泉也、側出曰氿泉、正出曰檻泉、泉之名不一、要其涓涓不已、滾滾而瀉

出於平壤間者、其不息則一也、且兩間之不息者、亦孰是晝夜奚乎、

晝繼夜而夜繼晝、健行者天德之純、原泉似之、至弱而至健焉、晝

復夜而夜復晝、恆久者天道之精、原泉似之、至速而至久焉、日月之轉

移、以晝夜為遞嬗、原泉不與日月同其轉移也、寒暑之更易、以晝

夜為推遷、原泉不與寒暑同其更易也、是混混者直與晝夜相終

始、而不舍云、且原泉之不舍晝夜何以哉、豈不以洶湧澎湃、長趨而

放乎四海也。雖而有不盈焉者，則必有科坎，今使普天之下皆謂王道之
蕩、平、率土之濱，咸歌周行之砥礪、嘗亦原泉所暢然莫沮者耳、至於山谷
邱陵、墳衍原隰、每錯出於天地之間、以與原泉相待焉、就深就淺、秖
自高潤下之性、而科之委曲所必經、受以漸不受以溢、圓於方折若自
協流遷之宜、而科之高下不少踰、受以坎必受以窞、故雖窅幽勢沮
患不得以窮而深繚而曲者、稍形其壅滯停蓄者久、斯趨進者
神之基漸而必斷也、由是源流相續矣、派因歸別、有百谷是王、萬
壑是宗、不必原泉而為原泉所不能外者、其非四海也耶。原泉以匯

格者因其勢而利導而勢不能遏順其性而莫攖而性有猶湍推而放諸東海而準推而放諸西海而準推而放諸南海而準推而放諸北海而準斯時之原泉名流乎不舍其晝夜浩乎不害其津涯莫放乎四海矣

為君難為臣不易　己酉鄉墨

為君與臣證人言，宜各求所為矣。夫曰君難，曰臣不易，均之宜各求諸為也。人言如此，不可為君臣證之乎。且夫后克艱厥后，臣克艱厥臣。讀禹謨而知君與臣，忠孔之艱也。萬幾而惕以競業，宵寐自有單心。百職而輔以靖共。夙夜不失匪懈。蓋重以名，而其為於榮者。責以實而轉覺莫繇。奈何藉藉者動云治以無為也。獨不聞人之有言歟。以言乎君難，而君何難也。夫奔走禦侮，盈廷不乏驅策之求。而宣力四方。汝其為左右省弐。汝其翼勵精求治。君人者哉且責難於臣耳。顧股肱〔縱〕寄諸有位。而堂陛實建於一尊。觀文炳見炳然。
慎名器即以重官常。謹化之哲。懋賞懋功。立人心即以維風化。今謹盡
其聰。倘旰食宵衣。少弛其憂危。則端拱深居。安享太臻郅治哉。故雖
不在君而在焉、創始之君。則作法垂訓。難於貽厥孫謀也。若守成
之君。則繼述守文。難於勿墜祖緒也。要中興之主。則撥亂反正。難於
克配前猷也。然其難而圖其易。苟久安時惕。日昃其猶不遑寧。而
敢以為無事者哉之。即至國家閒暇。朝廷清明。而保泰持盈。時深
一心之兢惕。祈寒暑雨。猶念小民之怨咨。其所以引咎益深者。尤

難之相與無盡者也。以言乎君不易。而臣亦不易也。夫明目達聰。當
宁寅協化理之肆。而尊主權曰乾綱獨攬。佐宰職曰坤道無成。擘
蹤曲奉。臣人者且覺較易於君耳。顧盡職奉令。秉其常而同寅協
恭。亦重其選。觀夫兵著禮樂。恤國艱則當思致其事。疇克永肩。
酒醴笙簧。念其既則當思致其身。敢忘鞅掌。備多宏補過。少歉
於寸中。則出入風議。何裨王事。靡盬哉。故不易不在臣而在焉。輔弼
臣。則佐理昇平。不易承流宣化也。若疆場之臣。則沉謀遠慮。不易
彈壓戢戎也。若規諫之臣。則孰可替否。不易補闕拾遺也。慎其職

而敬其終。苟盡瘁為懷。寢食其猶盡廢乎。而敢以家無慮者居之。既云身名俱泰。勳業煇如。而一念震矜。既有盛滿為災之懼。一時超順。既有危亡倚伏之機。其期於相得益彰者。尤不易易。莫可名言者也。古人言於此。臣於為果難一言有取焉。

本房董蓉初老夫子批　天骨開張

大總裁王蔓堂老夫子批　兩比各有法度

小人反中庸　己酉鄉墨

以中庸律小人。有相與反焉者矣。夫中庸固可由而不可反者也、而小人反之、其所以爲小人歟、且夫易簡之道。自在兩間。古今來世運人以。所以範圍於不過者也。乃有人焉。不惟夫易簡之道、而矯易簡之道以爲道。率之道其所道。非天下皆由之道。而世運於是敗。人心於是壞。易簡之道。終亦陵遲而莫振。噫、可悲已。吾試思夫中庸。夫天中庸者。固經諸心而無偏無倚。允達諸事而無過不及之差者也。君子由之。有小人者出。乃與中庸相遠。而與君子相抗。重至之操學。執中先於心傳。會極者所貴無偏無黨也。乃小人務奇炫異。偏於是經是禮之旨。而別資標榜。人生之秉彝。學中所以定命。順則者只在不識不知也。乃小人厭故喜新。遂於是訓是行之外。而肆其更張。爲難之界。小人而君子可明矣。若正之以中庸。而中庸益見矣。否則或偏或倚。而中庸之旨於性情者將深。其喜怒哀樂。吾人自有率性之常。故其始具有良能。孩提不忘親愛。中庸之理持不敬也。小人離乎人人情以爲情。視人情之發於自然者。轉以鄙褻不屑道。而矯於情者。言之以佐其合同之具。薄於情者益以資其縱恣之端。反則過與不及。而中庸之發於事爲者更甚。夫勤儉之爲。吾人自有彝倫之叙。故循名責實之至。日用之有常經。中庸之彌綸莫外也。小人雖乎人之所以爲道。視人事之出於常然者。特謂爲常而爲可忽。而銳於所不爲者。精於杳蒙蔽之端。倖於所爲者。退縮而浮沈之具。若是則隱晦乎中庸者其弊淺。顯悖乎中庸者其弊深也。立奇標新。動輒驚世而駭俗。將見一唱百和。始而悖於鄉曲矣。繼而悖於儒林矣。終而悖於廊廟矣。而卒無正直之風。論湮何極哉。且顯悖乎中庸者其患小。隱托乎中庸者其患鉅也。悖常執正。凡於斯世而盜名。怕其附和隨聲。始而托以歆慕矣。繼而托以勸誘矣。從而托以感謟矣。而光明正大之概。撲朔何日哉。自無忌憚。小人之極致也。世之君子。尚其以中庸自勉焉可。

苟能充之足以保四海 己酉 紙墨

推擴擴充之能乎。而四海莫外矣。夫四海豈易言保乎哉。亦視其充之何如耳。四端在我。孟子故推擴其能乎。且王者天下一家。中國一人。推其意要不外端本善則之一心。以一人之心。轉天下之心。而能乎是繫。以天下之心。契一人之心。而後可以通。植數百年之基。豈億萬姓之和。其二經誤一心而廢棄者。在其從諸天下而無遺者也。若言四端而期於擴充。其充也。其能也。能不視乎其量。量至四海而其量廣矣。夫仁義禮智。兼四端之德於中者乎。既藏於中而得乎之外。亦發於行而有餘。量所為恢之彌廣也。統東西南朔之寰區。莫非一量之與為貫通。而無虞其遏絕。而遂乎其境。至四海而其境亦遠矣。夫仁義禮智。第四端之發於迩者耳。既發於迩。而無不備哉。亦見於遠。而無不周。境所為措之咸宜也。統蠻夷戎狄之地。莫非一境之與為漸被。而不見其斷。審如是。四海雖遠。亦視乎其充耳。亦視乎充之能否。苟能充惻隱之心。以擴於仁之無不愛。斯仁充乎四海矣。苟能充羞惡之心。以擴於義之無不宜。斯義充於四海矣。苟能充辭讓是非之心。以擴於禮之無不敬。智之無不周。斯禮與智充於四海矣。是以充

斯足以保也。若是者不惟其法惟其理。不惟其勢惟其情。天下惟
情之摯者。乃能無忮於勢迫。而遠近胥受裁成焉。惟西端情之摯
者也。先王充其情。以與天下相見。而四海之內。莫不以用其情。乃至
或名然深。而草埜之愚蒙。各辨其尊卑等差之意。而日染耳濡。承
流於近。梯山航海。待澤於遠。極之僻壤遐陬。莫不慕義嚮風。與情
之相洽何如者。夫情與情相洽。斯識容保无疆也已。天下惟理之
宜者。乃能無違於情求。而小大胥秉範圍焉。夫四端理之宜者也。
先王充其理。以與天下相徵。而四海之內。莫不各循其理。乃至漸劘

既久。而類蒙之志趣。共識夫公而忘私之心。而服去谷若。固共戴其德。旨霈濡敷。如腸其心。極之重譯累象。莫不陸讋水慄。而狎之於通何如者。夫理與理相通。斯誠悃愫靡遠也已。人奈何以不能尋繹與。

棖也慾焉得剛　己酉覆試

聖人辨慾之名而剛之真以見矣夫慾固似剛而非剛者也試以申棖對子
觀其為慾剛之真不在是見乎從來造詣〻生必極乎純粹以精〻識
要其可據似在其間也天人有倚伏〻緣幾微著閑其復理欲無中
立之勢幽獨必慎操持隱微之際扶擇精者然後其學問造詣〻之真
有未可輕為品題者要惟剛德〻未見而子以申棖對子將思剛之意義
為何如哉剛以申為耗而申非可以粉飾為也必其稟於生初者粹然
無偏倚之私而後為屈為伸任物之攻取紛紜愚不能搖乎心之鎮定

剛必正者用而正非可以矜持事也必其見諸行事者卒然有持循之力而後處常處變舉世之聲色貨利患不能奪一念之精純夫剛豈易言哉子顧以申棖對子曰見棖之為剛而未見棖之為慾也慾與剛相反而轉相形剛必諍夫慾之固托乎剛也夫剛其本然者耳必自托乎剛而勉然之矯揉轉失毅然之局度迨至強假日深不托乎剛之名而剛失托乎剛之名而剛亦愈失也而剛終難於取慾與剛相形而實相勝剛未絕夫慾之將撓乎剛也夫剛其泰然者耳一自撓夫剛而張皇之意態愈多有為之矜持迨至掩襲日久不撓乎剛之氣而剛適撓乎剛之

氣而剛爾愈遠也而剛之説於難嘗言態者毋以期乎剛更有得哉人事之是非惟理足以爭之剛固理之粹然者乎一言態而往來酬酢之中以傲物者忤物而理不能以獨伸以徇物者附物而理仍不能以獨伸態之所為伏於其微也舉凡富貴不淫貧賤不移威武不屈磊落之胸懷無有得為根柢哉兩間之運會惟氣足以充之剛固氣之浩然者乎一言態而紛紜攻取之際昭有氣之盛者固與人以難犯之容少有氣之餒者又與人以見撓之柄態之所為積於其漸也舉凡見利思義見危致命久要不忘光明之意概無更欲為

棖勉哉子言如此而或人當恍然遵矣

所謂誠其意者毋自欺也　庚戌會墨

為誠意者詳所謂有凜其自欺者矣、夫既言誠意、而不戒自欺，意將何由而誠乎、進詳所謂、其毋之而可、且人自物格而知以致。知因物感而意以生。以知導意。而是非之辨明。神既審夫外誘。以意赴知。而委曲之端。隱微或謬其內蔽。知不與意相因。意不與知相副。由是其意以歧。其知以廢。其極遂至於自瞞其咎而無忌。然經言誠意。必先致知。夫知之未致。斯見不明者行不決。意固欲誠莫由也。而知之既致。斯擇之精者守之固。意尤非誠莫恃也。惟然、吾不禁襍於誠意之謂矣。其積於慮。一言意斯慮者而實踐焉。使其所欲赴之境。未必為意所必赴之境。斯其不足以輔其意。意言之以奪其志也。果何道而情僞皆捐。攸往協无妄之素。其立其軀。一言意斯軀者而用行焉。使其所欲絕之端。未必為意所必絕之端。斯其與意亦顯為招。意與其轉隱相拒也。果何道而肫摯自矢。畢生無自欺之實。誠意也。而果何謂哉。至一之謂誠。至至者不二之謂也。不二而或以二者。參之則無以祛其二。只無以立其誠。意亦謂務而鮮援。貫理之謂誠。貫理者無私之謂也。無私而或以私者滲之。則無以去其私。即無以存其誠意且展轉而難挽是何也曰欺也誰欺乎自欺耳今使意在赤而假以欺人問心亦覺其慚愧顧不欺人而轉自欺乎明明以吾之奸蔽吾之意而故别出其計以相嘗抑何自妄若此也斯固誠意者所當深拒也抑使意在我而受或人欺反已亦覺其難平顧不受人欺而轉自受其欺乎明明以吾之意實吾之奸而故巧飾其端以相勝抑何自誣若此也斯又誠意者所宜預防也毋自欺也天人不並域而居意則天人所判焉者也夫致奸以來既灼其奸天人之不容稍混而忽中於因循忽安於苟且知雖奸而意

姑隱以自寬。夫此自寬之念。即自欺之念。所引而伸之也。者必萬而嚴其辨於天人之界。確其守於天人之防。委虵還就之思。詎容萌於毫末哉。理欲無中立之勢。否則理欲所從萬者也。夫致此而後。既深悉夫理欲之無事游移。而漸惑於作輟。漸涉於依違。此既擊而丟始待以自恕。夫此自恕之心。即自欺之心所迫而致之者也。必萬而理欲之辨既嚴。於始。理欲之守即要於終。冒貢非幾之戒。何從乘於忽微哉。試觀好惡之自慊。益當嚴自欺之戒矣。

庚戌會墨

子曰泰伯其可謂至德也已矣三以天下讓民無得而稱焉

至德無稱、得無言而其讓著矣、夫以天下而三讓、民之稱也宜矣、乃無得焉非子言之而泰伯至德何以著哉且千古至德之隆。即千古盛名所繫。雖欲蓋而益彰者也。乃有人焉。當殷祚漸移之日。當周室浸昌之年。抱德而其德獨潛。逃名而名乃終晦。委地遷就之間。用心為良苦已。吾今有感於泰伯。夫泰伯非以天下而三讓者乎。古亦有跡似讓而不得謂之讓者。巢許之遁迹是也。隱遁自處。可謂清而不可謂讓。泰伯以作述收興。荒康伊拓之時。僅令得所倚依則伐密伐崇。何難啓西岐而蹟秦平成之績。乎。而泰伯不然也。託故而逃。隱棄河山於敝屣。彼巢許尚有非同以者矣。古之有事類讓而不得謂之讓者。朱均之避位是也。天人未與。可謂革而不可謂讓。泰伯以不附尺土。遂歷荊蠻之才。假令奕嗣大業則什邦似對。何難卜三分而蹟開豐鎬之徽乎。而泰伯不然也。抑甚亦遂。甘蹈煙水之高蹤。彼朱均尤有難共語者矣。夫泰伯既以天下而三讓者乎。而何以至今蕤緌茂如也。南河陽城之避。久著流傳至今膾炙人口矣。以視泰伯何難引夷而可徵同也。乃匿跡銷聲。

豈不欲與前人以并白之隱。夫復何從代白也。此其情爲難堪也。夫
祿嗇尔之傳。史乘永播。至今焜燿典章矣。以視泰伯安見乆之
柔古所云也。乃熟思審處。豈不欲使天下已推自讓之名。夫尔惟堪自
諒也。此其至良獨苦也。其無稱也。無得而稱也。非至德而能若是
乎。於詩遂而詠周德之盛矣。頌哲王者爰歌不武。溯姜嫄者哉。咏生
民。雅頌所傳至亦既詳且備耳。顧何以以三讓之至而不得於揚風於
雅中也。既不欲以廢嫡立少者。顯向君父之嫌。更不欲以奪嫡于統
者。隱示以人弟之謬。深心所寄。竟甘於湮沒而不彰。以視夷齊何如。

竟長遂夫宗社者。不相遠危哉。於書而見周德之隆矣。誦公劉七月
篤前烈。紀太王者。肇基王迹。典册所遺。亦既美而賅耳。顧何以〻三
讓之至。而不得於載筆記言列也。俾仲弟以攝行傳賢之遠謨已
定。竄蛮荒而不返。吾國〻深意謹密。有為而為。遂甘於沈淪而養
晦。以視臧孔揖遜。辛甚豐於危亂者。奚啻霄壤哉。可謂至德也
已矣。

五十而慕者予於大舜見之矣　庚戌會墨

進詳終身之慕焉，帝有獨隆矣。夫慕至五十，其終身也可知。伊孝其人如大舜，其孰能與此乎？且常人之孝，時隨境而情亦易。至人之孝，境愈久而思愈篤。惟期以其心得親之心，而身外之遭逢非所計。斯垂華于世以奉親之世，而慕年之歲月，不覺其極。時事親之隆。立乎古人子之責則。寘乎不可為今之正。吾言大孝而慕以終身，豈言也。予何所見哉？嗚嗚以發，喁喁以嘯。壯歲之睽依之不若孩提之眺，摯在心者，桑榆景暮，初不改怙恃之常。

而慕之出於性生者。然歷山雷澤河濱之素也。然識人景仰靡窮者也。發而定為晨而省為。垂暮之精神。有傳於寸衷之服耳者已。乃其龍種潤叡。益謀夫觀瞻之念而慕之懷乎歷久如一。直追夫徵庸受終在位之年也。然識人湖泗而卒於此也。吾何禁慨然遥思。推想素念。而見夫頑囂克諧。宜慕而周遇而要也。井廩浚完。慕不能恨而易也。齋慄祗載。慕且以允一成而降也。義哉。五十而慕。知有實以來一人而已。第以寢門視膳怪循夫溫凊之常。此第慕父母之似。非所以慕父母之素。朱執華

不可暫而不可少也夫有生而後思勤勤。圖極之深息。不能以遑
遑圖挺此。篆述之誤夫孝子賊事。壽圖不忍悲棧也。陶源耕綠。
暮不以契而忘。綿衣纁袈。暮更不以窩而易。第今虎渊嘶順。
四壁空山須渌之年。黃忘有欣懷自遂之趣已。嗟而十五間於一
日矣。第以矜不至也。仍改夫黃泰之崇。此猶慕父母之名。而如
所以慕父母之深。之未至慕之有始而鮮終。夫鞠育劬勞。顧我復
哀。高年之暮景。而徒以顯揚彰炳為。蓋述之須善承於生平。壽
圖不哉恭慙終也。恨莫瞬之易搖。若暮歲之霜之漸增。異宵日之下

長。慕直到年年而後。第今凡杖引年。迴憶大手田歸位之時。當
然有悟於菽水無已。歎十有五年一日矣。是故極人生意念之
遠。即駕酒觀聖。二無聲摩澤於屏室。都宦之好。胃雜轉空擣
慕之好共。古人不可作也。吾悼其再讀之。一縷人世情何之多。即例
隨齋稿。四年芸某於寅甚。名位之勝。有莫樣其姪慕之孫。
高風雖已邈也。吾猶想像得之。一過於未可及矣。

文獻不足故也足則吾能徵之矣　甲辰鄉薦

徵必文獻也吾人於不足之獻吾實徵夏殷之禮必待杞宋之文獻也明矣

而其如不足何哉予故有足則能徵之之獻須書其古帝王創垂既隆於

一時動輒華遊記於其世居之諸古何其久而益彰也哉其載亦矣

自之我有恨識大識小賢者之志其存乃若繩杯之代覽於成憲矣

而寧於闕如備仰哉惟聞緣此中尚多好學之於夏殷之禮吾能言

之之文之也雖獲亦以徵者乎其實羅一代典之唯紀之實[illegible]有鋪張

於房以詢迄於昇平足故有賦有書征誅有詰誓凡為謨為誥憲

得於誦習之餘者一朝之典故而所以載禮者莫如文爾間世運以移
尤必有補救維持以統承夫墜緒是故東晝少律元子可封即如其良
史氏且將於草昧之際守列聖之經綸而所以傳禮者莫如獻昔文日
我聯安之之微旋維持其如不足何哉絕斗杓之建寅於傳少正演坤
乾而定位易寿保藏外此之方策亩遺何以殊多缺略也故高文
典冊非不擅宏偉於當時而世遠年湮半隨風雨而磨滅吾徽之
文雨文之不足無定於高風已邈渺有空附於棗書洪範堪諸福於
載傳於奠子繼此而師承授受何以擇鮮間沿也故碩彥鴻儒

抑不爭瀾閱於昔日而閱人成世其隆宗社而推述彝徵之獻而獻之宗
廟者有經垂訓典以啓後人在神靈之精神崇存於數百年之內而
子孫之纘緒維新以無枕編古今典禮於殊編輯蒐于中考據朝之技
者而復詩不列於篇章商頌僅編該詩未卒之自信者不能信人
所爲慨然於憑吊外設也抑宋徒欽人文所以補其偏而救其敝則雖
家翰將安見夫宗禹保德路義倫之械漏聲孔聖徑四門諸之
遺哉宗碩輔以昭後人於祖宗之遺澤直用於數十世而急而思世之
遺志莫啓以無圖湖列圖特從古故老碩儒之後訪先代之微

而歌名既執於孟子亮節徒慨友之仁乎之自問者不恬閒世不禁悵
然豐悵再毀也杞宋不足徵孰辨於詩其廢而經其墜則詩材綱
紀安見降爲子者郭鄭繆賤於姑洗康其說禮儀惟其人也斯足
云能徵蓋令人增不足之憾矣
本房王蘅皋夫子批
氣清詞順華美無塵

天行健君子以自強不息

有取健象於天者君子之自強也審矣夫天一日一周而其行不息故曰健君子象之而自強不息也固宜且君子之學也不息則久久則天學之所以希天也顧君子有希天之學即有法天之功彙日月以達其軌傳之機合元氣而鼓舞軌周其際則積形積氣天與人有其著其不息者彼所謂天垂象聖人則之不爽矣夫乾之為卦析之畫當陽儀者三為奇其體為陽偶者二為天下之積陽氣以成形者莫如天哉天為群陽之宗乾為純陽之德乾之為天理固然也顧他卦則或言雷山或言風澤或言

請試言習而天則雖與之例為第見其周天三百六十五度而常一日一周而過一度是其行甚健耳浩浩乎有與萬物相周旋而莫知所止者矣周流周行本體神明不測之意故今日健于前明日健于後幾有無指無終之勢焉運運乎有與之古相循環而莫窺其際者矣氣化於推本於精為不窮之物故行於今日而健即行於明日而健綿綿有接再厲之形為不竭竭用總無所藏直續續神怯堪傾所而其于觀所健之象法法以自強不息矣凡其進銳而其退速者是或行或不行即其時而不能君子不敢以以自律也惟本純亦不已之心以契天於穆不已之程斯其中有与

天同德而訢合無間者矣故翹首穹蒼天與君子合體景行君子即天直
使厥精不倦而意念皇皇有莫出所擬者矣凡勇於始而怯於終者是亦
行有健之不健而仰有時而或息君子不敢以之自限也惟持自進無疆之功
以希天恒久不已之象斯其中有與天爲用而精神不衰者矣故千古才知尊絕
而見一君子即於深元運物而見一天直使漸造不懈而志氣如神有欲罷不能
者矣自強不息敢有愧乎天行之健哉

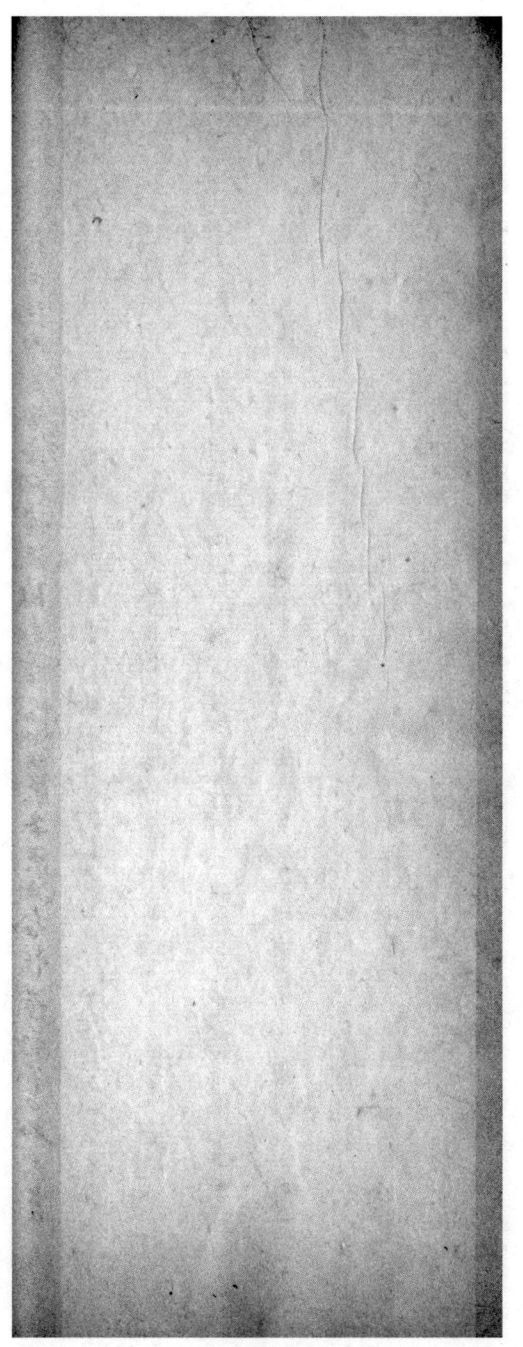

惟天生聰明時乂

聰明生於天而聚者必大矣夫惟無聰明之主而聚者多紛也天爲民生之而聚
者不以大乎目天生民而立之君使司牧之而淩失性誠於其不忘於亡使而
上帝聚也無以民之失厥性者於圖應天惟時求民主於大降顯休命于作
指若保克相上帝以永清四海乃知天之生大聖也不數矣如民之無主
乃亂天惟時非不矜之也則欲救其泯泯棼棼者非生聰明時人亦不可雖然
聰明豈數生哉曰若稽古聰明之主堯眉八采舜目重瞳禹耳三漏惟此數
生人罔不稟受於生初而於心吹出諸哉則聰明天亶如天爲神哉然爲明四

目達四聰武則爲明作哲聰作謀所謂惟天聰明惟聖時憲而實作元后無愧也則嘗觀于貞時民以敦樸俗尚時雍天下滌瑕盪穢而鏡至清形神寂寞耳目弗營嗜慾之象滅廉恥之心生其知綿綿其樂于于亙臻大治焉是歷代聰明之主垂裳致治允升大猷可一一屈指計也久之去古幾以哉乃垂之明德遠矣而重華復旦蓋復難期豈天運循環來往不復泰極則否至否傾則泰來說者曰王者之治也百姓歸之如流水一年成聚二年成都蓋有民情至意民俗淳熙罔不率俾伊古程圖經也然非神靈首出詎敢有詫於此惟天監視下民眷求神主惟民待治一人日月以繼當天

人文逌之會其應運而生誕降不違周甲可信於天者今日普唱修禊矣

夏社三矣凡論修廬非我裔其誰與歸

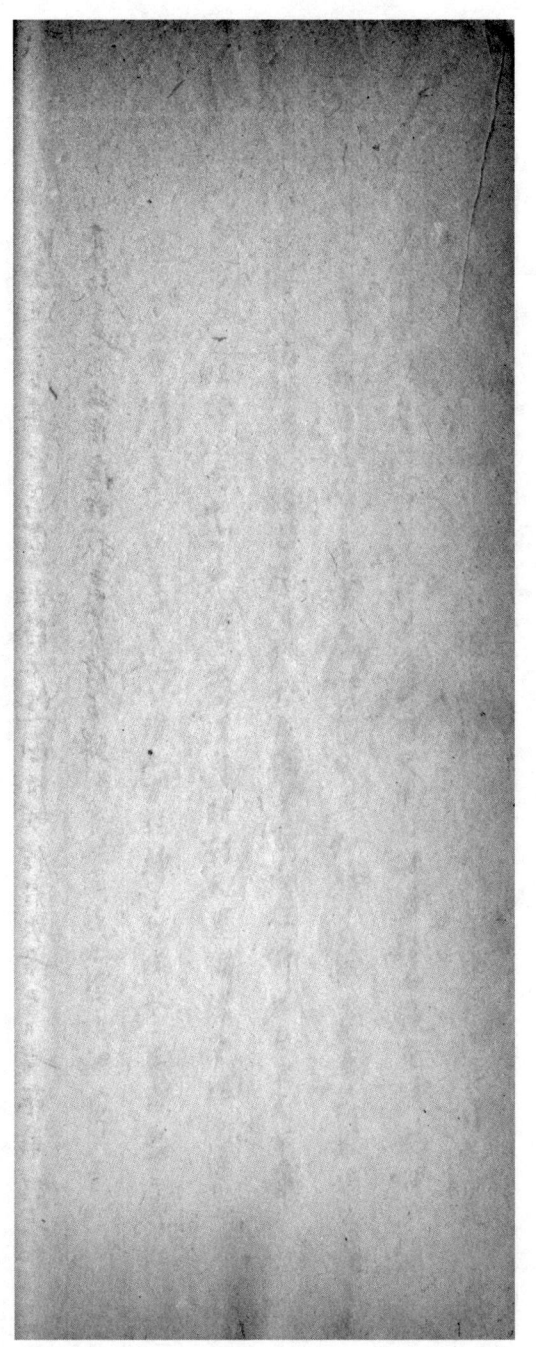

人之好我示我周行

詠周行〻示思〻嘉賓之好我也夫周行大道宜人〻所共知矣然無以示〻則不可詩人所以思〻嘉賓〻好我與自昔如琢墻駒而伊人邈思設者未慮其金玉爾音也託〻求賢之語已行滋車〻載已矣而士之難相汲引以登於朝者如鴻毛遇風隨亟縱發其滿〻畱〻植〻然〻何益〻〻隆替久矣夫如砥如矢者之不啻所履所視也則嘉賓要好我矣固欲其有以示我也然而爭趨捷徑鞠茂草以傷心競驚奇行亂逝風而絕之嚶鳴求友求友者誰繫馬跡隰周憶人安在緩唐歌之俟騁哉

中並而仍因求其相好和示者轉則能之之乃吾校家實示燕燕之際而不
覺穀於想慕而式相好矣其將何以告之耶顧思所以告之者曰爰
詢爰度而期于維高維平是風雲之際會而友微水澤之此隱居也而
適于賓來丁丁伐木于彼左于彼周休言考槃之寤寐而永矢以弗諼
也彼君子兮嚶嚶其來游道途間欽其風範矣維子之好其云胡不欲奮
耶顧思所以飲之者曰旨式旨多而必于有典實於是乎龍之在天而更
期鳴鶴之和陰居也以親于友矣菁菁者莪在中沚在中陵祇覺千
旄之殷厚而思何以畀之也既見君子我心則喜肆步閒奉簪埭繩矣

創家周之興也關雎之基開忠厚辟雍建而鼉鼓彰於庥棫樸有以奉
璋志美則合群才以宏其樂育而進思退思胥先後奮庸於星紀榮
聯之賦美賢才之鈞璜而後畫無載棄分陳而棠舍流聲則隆
碩輔以著其經綸而貽休胤來可以丕致績於明堂甚矣今之報我者
之如於家也而周行不舛矣

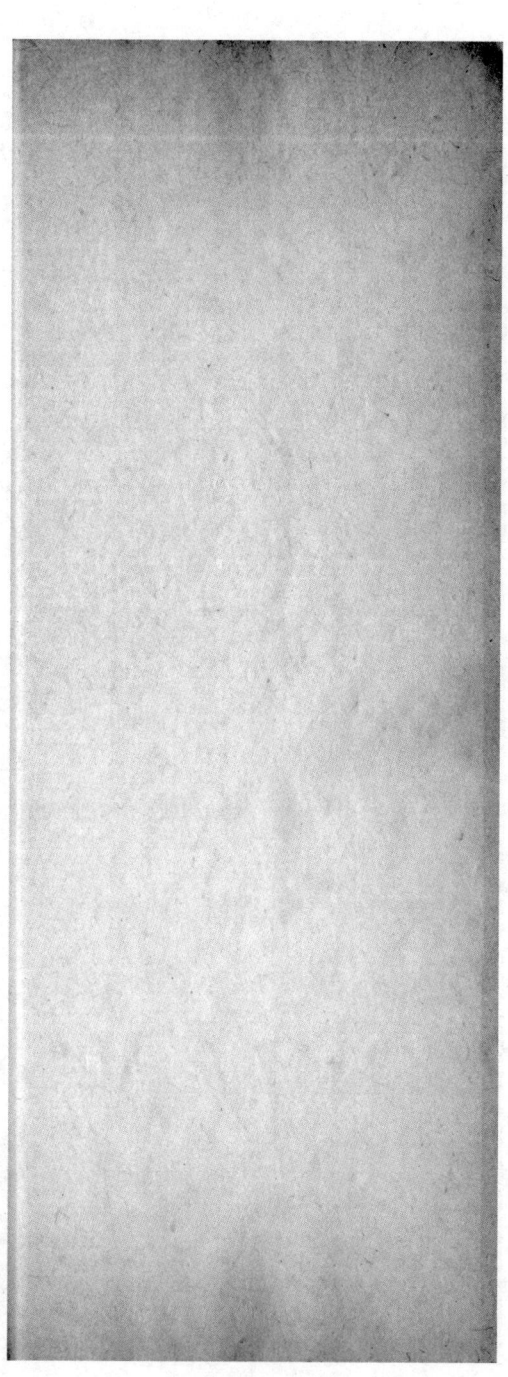

毋勦說毋雷同

東萊云言之戒知人云亦云者之害毋近矣勦說者覽取他人之說以爲
已說也雷同者聞人之言而附和之也雖此人云亦云者尚其毋之之且夫不
朽者三而期於雖久不廢之立言居其意是之固欲其藉藉乎後人之口
而相傳爲美譚也無如剽竊之徒專取古人得心之論爲己抵掌之
需要則承前賢已闡之情爲鄙意附和之稱固皆然而不知愧否嗟
夫彼獨不晰夫陳言之務去之旨歟奈何不憂憂生新耶如而不容於心
恭是特其當然者也夫不留不昔者在乎則曰勦說雷同之其矣之爲

與子言孝與兄言友與弟言恭與相勵以忠厚未始不仰為賢士也顧
儒者閉修數十年始得一二愜心之論而下士工於勦說之論以愜乎人
心有不啻自其所得者故修士之淑之識且為乎人所掩取而自肆其
協合之多方菊為世終不與盟心共贊彼豈不覺愧於那無顧以此
毋躁也天下固有言之賤之而詰以理之所當然竟茫乎其為是者非其人
之者皆有不然也特以貪人之功以為己力雖見表而未徹其裏也是以士
就為恆論萬之恃細察其隱微所結果皆其根本之未深矣查官之官
查存言存在庫之庫查朝之朝查程試以雅深者未始不慕為才士

也頗賢者閱歷數十載始以一二達事之設而邪佞巧於雷同之設之達
率事發有不盡負其所能者援儒臣之論説哉且与華其從同而負給
其纘述之要政第出口將不與庶人相頁彼豈不去歎乎於耶豈頗
設若無取也天下固有妄之諜人反叩其頭之以於將來於不及策矣
非其人之有能有不能也特以襲人之善以飾己難見其內未識
其精也彼自覺其偽奏之義而前湖其前日剽竊之情有慮其當
乃窮者矣無勸説無雷同當其念哉

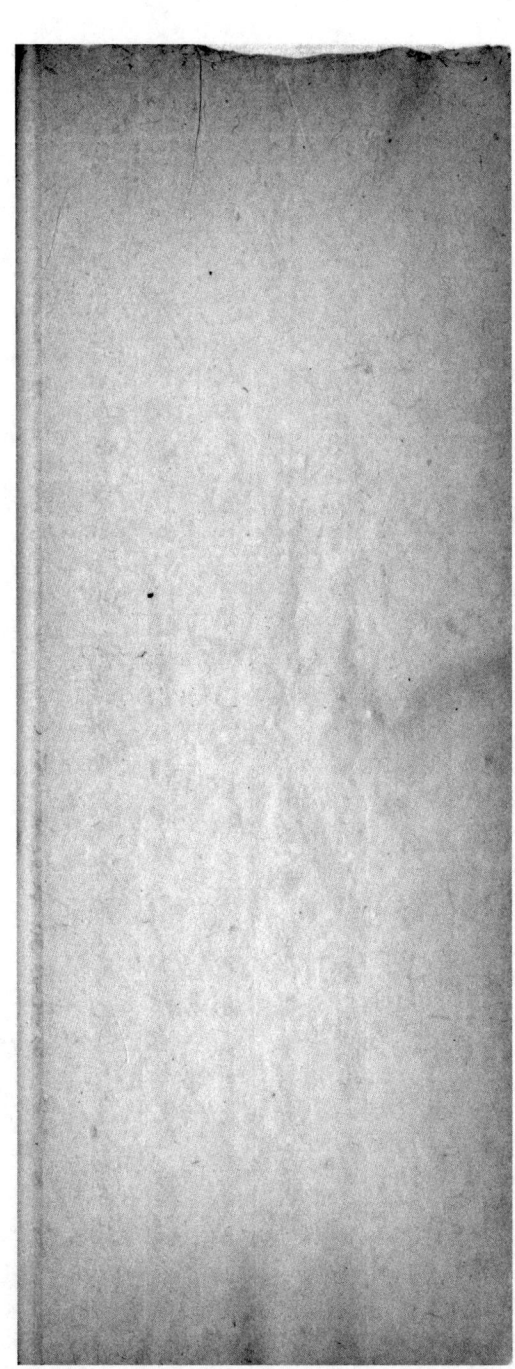

巽而耳目聰明

象謂聖人之聰明聖巽以自下也巽矣其耳則其聰目則其明固也然非

皆以自下則不可象所以贊聖人之具此之自作聰明者每諄諄謂

人之不足尊也不出一人之見聞有限而天下之義理無窮古帝王以

自牧而合萬人之視聽為一己之視聽者非謂其智不若人也特以謙為

而先有由於耳上六大罪之上聽詳也離為目而象壹耳而言巽詩卦

象巽之六五以陰居尊當聽耳之位取其兩義也夫人必有所聽而司聽者

莫如耳顧巽巽者不足為聽之也觀聽耳之聲而能貫則聰尚不足而非可

以獨斷爲也惟虛以持己則心以虛而能容者耳即入亦能通博採天下
之是非以爲一人之聰納凡羣能之議而揆焉度物天下仰宣圖伏箴
之者孰非讜甚之所爲愈容乎君聽則日達謀入於耳者衆乎
坎應於心者衆乎坤即至衆修庶不大可遺親可拔能嘗蓄於而深
賊我人必有所視而自視者莫如目顧盼之者亦不足爲視也觀離
目之遠無不照則明當畜而非可以自足爲也惟虛以居聽則心以下而
無亢者目以遠而無遺廣積億兆之可否以下十巳之從遠凡雜然
前陳而見遠之察澈天下服貫於人則哲者孰非虛順之所爲觀省

乎君視明則臣責善而一其德者有如春同其力者有如流即至規
諫於天聽可探隱而索何嘗厭後而聽前哉是故耳徹習快而非
惟以亨離象重明而化成天下惟其以善入而未有其德爲此自古帝
王目重瞳耳三漏而君方觀民設教風聽臚言於市者實是道也當今
兵諸

有猷有為有守

取於民者有三洪範特詳其有為者曰猷曰為曰守不可偏〻於凡民也洪範所以特揭其有為者蓋因君子之於事也始衷終以舉之而後入為猷舉而徹於始衷終則非第為見在舉審矣未成則謀之於始將成則行之於衷已成則持之於終此其終始如一殆非三不能而入之者矣觀於凡厥庶民其所以同為凡民者何哉忠惠初不足以謀也勇不足以行也仁不足以持久也無以自異於民則謂之民也固宜惟然而民之自異於民者乎見矣事有利害而卒能交集之際不深思而熟籌

故臨措莫辨耳如有執簡明先民是程大猷是經且將方物出謀而
終以不周筭肯瞻前顧後而回惑於利害之營我無當見聽與人
之頌其深計有關於宗社者矣採聽之於方其聽筭有所不潑嗣
者矣今於有猷者雖非洋洋之丕謨亦豈等寔寔之相決事有成敗
而難於蓋驚之時雖肆應而各當故張弛奏進耳惟有為有守則措
置有方推行盡利且將因時制宜而動罔不臧莫有精勤縱怠而莫
必於成敗之交哉吾嘗見乘機以赴有躍躍以趨之而不為躁者急矣於
時而動有從容以布之而不為因循矣亦之有為者雖非輔相之咸

宜亦可見措施之有序事有終始而終始交引之下不能得主而可常
故操持不定耳惟有守者則表陰一致久暫不渝方將特立獨行而
確乎不拔豈有見異思遷而莫持乎始終之際哉吾嘗見士介志激而
操之有定處貧賤而不移者矣亦有氣弱而志之既堅臨威武而不屈
者矣蓋之有守者非若詭之二三其德何異吉士之彰厥有常是故
乾以居始惕厲而終處震以居中恐懼而修省恒以居終久道而化成
與天地成始成終之理齊且而未不懈之心而與古人並之身致太平者
首是道也而其愈詳

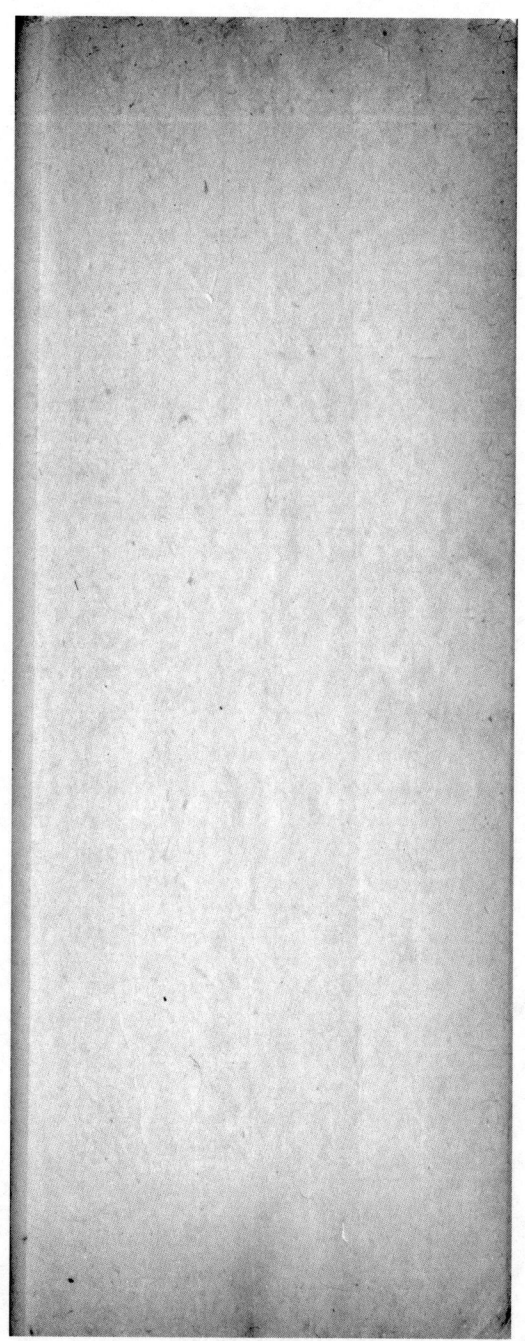

藏焉修焉息焉游焉

學有資於習與養者君子則有然矣夫藏焉修焉正業也息焉游焉居學也此君子所以習養並謀而且學者之心統本末終始而一以貫之者也心不可浮心不可間心不可放心不可拘有自然之序焉舍其本而求其末未善也有安於之功焉得其始而遺其終未當也故夫學之務親其貴藏焉識焉意者忘安居焉神者冥藏之為也夫精明內具而獨照自有深衷奈何不藏焉而心或浮耶是故今日得一而忘之不遺於後也明日得一而務之不厭其前也既慢焉失之易還念焉得之難甚

不啻服習之固矣蓋其經旨視乎其所擬議者試乎其所驗者力
其所修之素也其志氣可奮而循序自可漸進參而不修者而心有間
耶是故不勝乎前而慮其後之邈也不顧於後而惜氣力之竭也識者
則之不遠望畏途之甚遠以其不啻礱錯有資矣修矣經傳日積之
於杏壇之上朝經而暮誦几席之間執經而請業臨而讀快心者悅
耳目之物聽情其絕無時若是藏修之益雖多而息游之效或寡
乎無觀乎君子而知其學之原不廢其息與游也得此意也雖謂君子
之息與君子之學可也何也見於羹嘗見於墻嘗曰瞻聞仰祇其自

只頃刻莫離君子之息園息以天者也抑得此意也其謂君子之游以
君子之樂可知何也觀天之時因地之利以玩物之情何存非存心養
性君子之游園游以天者也雖然樂豈有他哉非其全功而已擇善未
精者不可與言踐履安敦未厚者不可與幾樂天此其理顯之在日用
飲食之中微之在身心佩服之際精之見性命純粹之美粗之寓人倫
物曲之常豈不係人之善學不善學而已

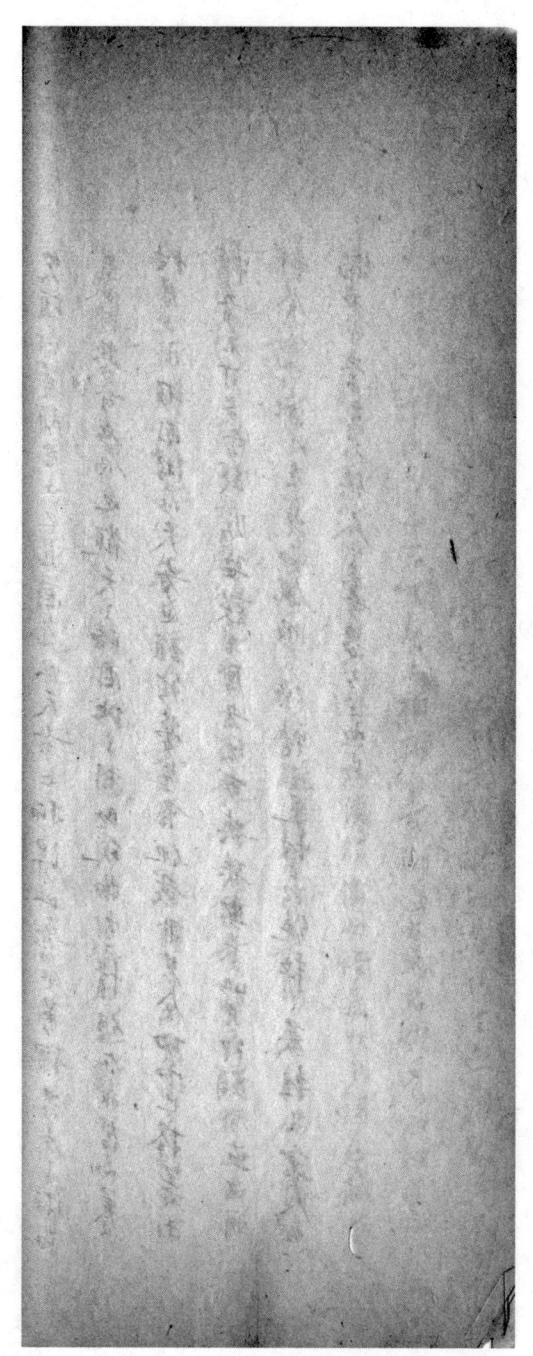

君子以慎言語節飲食

謹所出入於口君子有以自養矣其言語其出於口也飲食其入於口也觀頤象而慎之節之非君子之自養於且其發之生也禍從之厲疾之作也孰腊〻之毒未嘗不嘆哉〻有曰圖禍福〻之所倚伏矣唯謹其出而不敢輕而說苑之口舌量其入而不敢過託象鼎之亨飪古君子不惟有以養德而無有以養身者於頤象得之已今夫頤以四陰而居二陽之內外實而中虛艮止而震動儼然口之象也能頤養〻繫辭曰者孰善此言語飲食哉則觀其自語而名之以

養德矣哉以自陳哉以會述其典謨為判斷而要皆出於顛也出則
發於外者雖著英華而存於中者已少惕厲諄〻者哉虞其馳說諫
詞再惟慎於而一聲之發乎心聲乎念之警於心戒有序〻言所當
艮輔悔亡矣在官言在朝言朝惟謹於形於顏色大叩鳴大小叩
鳴小盡聲必待其從容彼言之誠也若其為仁者言〻之寡也然為
吉人者惟藉之語以現其蘊蓄君子何非自勵乎其自勵以其自慎
也响〻之又無自放路累〻之心於是存諸乎外以養其中斯其為養德
之君子矣則於其飲食而亦有以養身矣哉以解渴哉以療飢飫其

食相負爲而要出入於顚也入則甘於口者雖徒貪一飽而痛其形者
或遺患終身遂々者不祇此觴酒豆肉再惟節爲而一味々侵於體以
一害之流於體聆酒食々惑所當需于頁吉凶進趋之擇賓々主百拜
不醉豈云無歸天子一舉禮再舉以少以見爲貴況酸鹹取其
當食即爲醫寒暖視其宜喜否勿藥亦惟精於食以全其中和君
子何弗自求乎求自求於其自節也而濡首々各由是發層味之毒乎
徒薦養其小以不失乎大欲其爲養身々君子矣

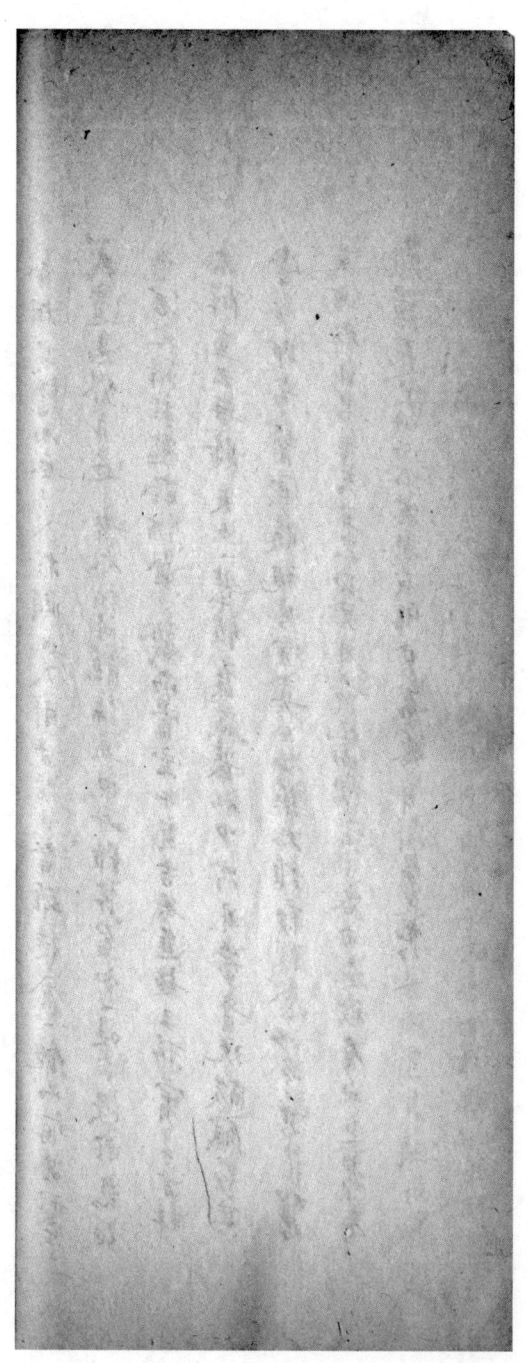

所寶惟賢則邇人安

邇人宜安也賢者不負所寶矣夫賢者固志在安人也特以不以為寶耳苟所寶惟在於此而可驗邇人之安哉且夫善人國之寶也顧國之人既特以為寶則國之人必賴以為安古聖王所以不寶金玉而惟善為寶者非徒曰邦家之光也誠以蓄化育之績懋之由求賢實康民之漸在安民以說於民安非無術矣然不寶遠物則遠人格此第云不寶而未及所寶格遠人而未及安邇人也且夫寶之云者豈惟是瑰奇珍異徒備什襲珍藏云耳哉必將敢重於

當時見珍於後世非第終羨於一己抑且有利於黎民瑰意琦
行固無事請璧求環侈譁囂之玩好珍禽奇獸詎敢無握
瑜懷瑾較然價之低昂惟存此寔與英流之懷將玉可毀而珠
可沈即使玩物喪志總不能分其嗜徒之執意而狠褻何為者
蓋所寶非他惟賢人云斯時也天子愛四海之圖籍賚萬國之貢
琛第見陳薦至寶菁莪棫樸之賢才也登於天府者實其之賢能
也席上之珍奮於連城之璧也華國之選重於照乘之珠也惟然
用作鹽梅燮理達乎陰陽用作霖雨膏澤洽乎黎庶遠人服格

而述人比隆想像已亦見耕田鑿井康衢遺擊壤之歌田野安之富壽多男華封有祝拜之願閭巷安之其所以戴之如日月親之如父母而出作入息以共躋於昇平者安之固易易耳而不思所以安之者仍在貧窮出令雖賢有所濟其心無業安居雖賢有以遂其願措之國於苞桑置百姓於枕簟當之時鼓腹含哺熙熙者無不共沾生成之澤而成太平之象猗歟休哉何其盛歟然賢者而能若是乎不能者搜奇探奥徒尚遠物之可寶無益間心當有所愧者

方叔元老克壯其猷

猷因人而壯詩人以贊元老者矣從軍貴在有猷方叔雖老而猷必
克壯詩人所以贊之歟且夫運籌帷幄中決勝千里外古今來曾
有幾人不能振一世之頹頽得崇朝而底定更當英主以中興之必
資宿將以輔世而一時負固不服者遂不難度勢審情而期于必
勝也如宣王之時蠻荊背叛病時也一人振興於上萬國懾伏于
下凡四海之內莫不懷德畏威以睦親於天子荊蠻何心而以蠢爾
之土以抗威於大邦當此之際豈無一人奮壯心以共積忠壯其

氣以決果敢奮往猶前以敵王愾者乎而宣王則曰君不擇將以其
國與敵也夫文方叔以終其事矣方叔固何如人者番番良師古
丈人之貞吉赳赳非武事徒少年之稱由業磨歷相之老臣德崇一
朝之元首蓍龜耆哉是望也且老將之老也哉處其指麾籌畫
而策明莫周矣卒之贏也哉貴其唯作進退而精力漸衰矣欲求
一老當益壯而甄戰至著者非方叔其孰能與於斯乎其與帥
南征也三千里之軍行王者之節制乃在三千乘之車載雲兕之雲
襲斯存以翦以伐以充用大詢之以壯軍聲而計必勝也始無論

巳惟是太原方奏膚功荆楚之又告戡服南轅反旆足見所向之無
前深算者謀非徒臨事而懼縻凡敵國之情形不一猶由參詳
几席之間而揣勝算於一箸梟雄莫測其深沈制勝於三軍剽
疾雄掊其鋒重為聞古之名將所謂比之之臺上禽將戶內拔城千
樽俎之間折衝席上有能如此之克昨者手奏日昔林宰秉王育敕日
陳於四境或朝或覲捧颺膚和於一壘未嘗不嘆曰此方壯元老之功
也而其時欲為不朽云

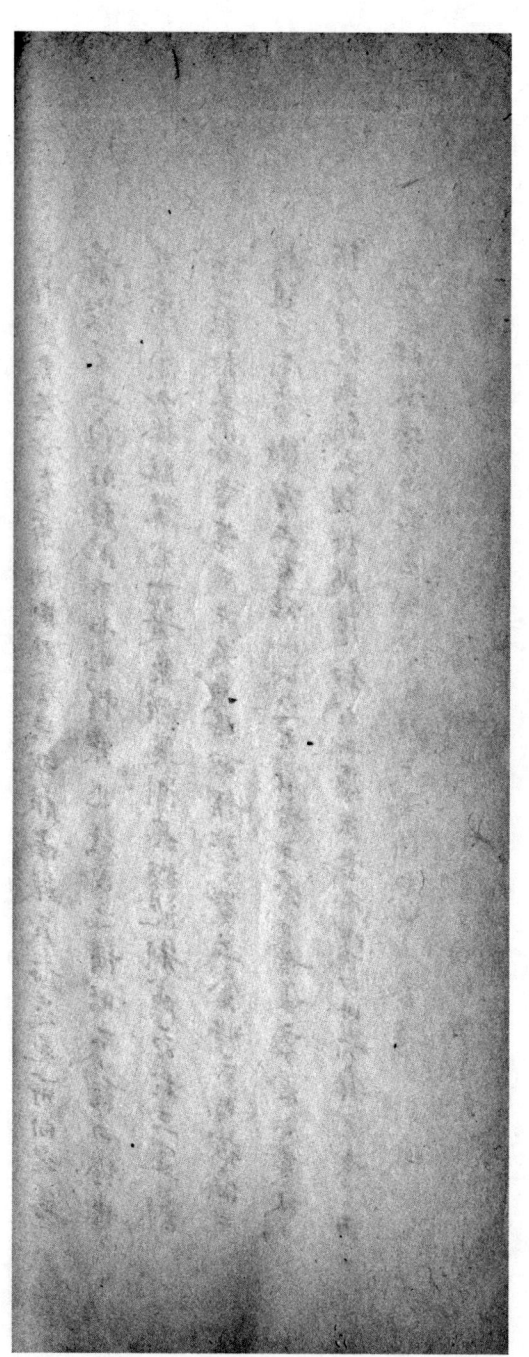

命太師陳詩以觀民風

紀古者觀民之典而著于陳詩考其迹猶所以觀民風也而所以觀之者莫如詩陳之、義取以著于太師者且其言者心之聲也而一心之美惡即一國之美惡係焉其動於心之美者溫柔敦厚之言之發覺焉和平太師陳以聖天子觀以賞之其動於心之惡者淫繼奇邪言之意形其淫薄太師陳以戒天子觀以罰之原其虞書之載一迹猶摩后也朝是期於五年也周官六年五服一朝又六年王乃時巡是期於十二年也其時事雖不可拘其舉措則正可考是日也與當年時敬之

蹕載起御天威於咫尺睹土風之樂採其家絃戶誦而渢渢乎盈耳者

罝兔之埜人秉蕳之士女類皆能文章嫻吟咏固不待言而已得

其大觀矣而有司其職者含六律五聲雜清濁於樂器太師肄之

也歌風肄雅審工奏於樂童太師習之也要之不離乎詩者近是

則陳詩詩亦非太師而採庶歌爰多太師而為之凡亦土地人民無不

各被工之教化而以人之生而有欲也即不能無思既有思矣則不能無

言既有言矣則言之所不能盡而發於咨嗟咏嘆之餘者必有自然之

音響節奏而不能已而一國人心之美惡即一國風俗之美惡係焉故

其縷析條陳臚掲目以觀也逆甚陳也然則觀其為仁孝弟忠信之積於人心者見為采蘭則循彼南陔於萱則豈計重背孺慕之風摯矣靡友懷皇華之事孔疚奮采薇之日忠貞之風萬矣以言是究是圖常棣則孔懷兄弟相求和鳴伐木則求其友生而懇款敦雍之間差倫風為之興其美而可型何如者而然則觀其政治稼穡興業之見於措施者形為相亂有差何之剝蝕於礼也鼓鑄興滯工之悲荒於市也鵠形嘆肅肅之征其無窮田計為洲洲之逝其著殊也此其惡之足戒何如者由是而進爵黜地因民風以考其君而一國風俗之美惡即一君身

心之美惡係焉而謂能已於觀乎

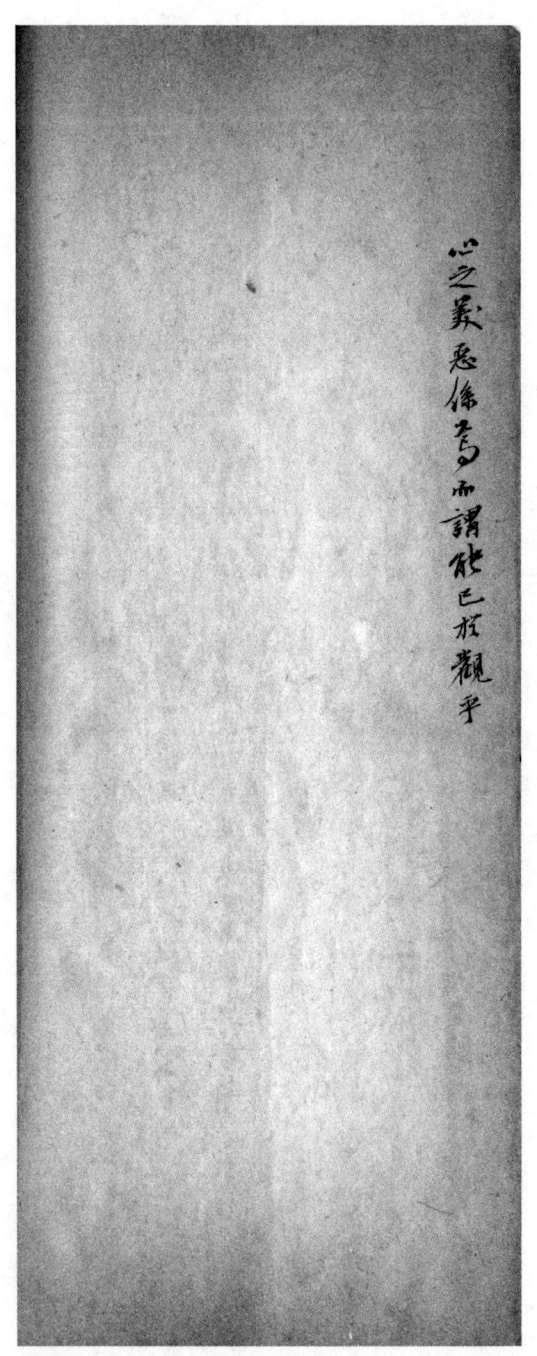

附錄　野含時雨潤　宋之問詩

四埜清和候欣然喜雨時三農占合已足人喜澤同沾野鶯嬌薄霧浮青杳

濃萬物芳菲潤陌壟盤趣東菑樹色繁膏沐花容

遠晴光霧宜讀青方須添耕綠錢人知養秋紫扉浮鳩聲

遠於花藝張添前峰脉畫遠山眉餘點留春蓋微煙繞柳絲為

霖逢　雲母萬姓慶豐綏　甲寅仲秋初八日

日長如小年　唐子西詩

化宇晴和洽時惟首夏先舒遲捻永日比擬恰如年且此昏垂旦

渾忘朔益弦扶桑輝正遠若木照無邊更許分陰惜休教一刻

指再中符瑞應四方戩功全能祝無疆壽域開來征天昇平歌
願與萬姓樂陶然

夜來風雨聲　孟浩然詩

喚醒半宵夢風聲雜雨聲驚心時問夜入耳竅閑情陣打窗紗
紫塞添枕簟清惜將愁晝一刻睡到漏三更餘響話簷鐵灑階
暗産築竹林喧颯聲泉滴苔斑淨瀟瀟習夜穿種滴滴定滿城
曉來惆悵處依樣聽流鶯

故人以身　庚戌孟春

立
政以人爲本旁求重簡賢敢原資國用修齊以身先表輔匡襄
切單心夙夜雯皆箴 須有位 皇極建無偏作則端風化分猷勵
日宣 辰居防慾於宴遊淳繩德鴻逌和交泰 龍光德秉乾犀
才升治々億萬慶斯年

月中桂 酉陽雜俎 己丑孫碎

誰種連蜷桂飄々萬古香月中曾托植天外熟齊芳梅隱冰輪
碧雲霏粟顆黃仙娥攀未遠吳質信仍孫子不塵寰夜發
闌々界祥廣寒添馥々老幹樹蒼々秋入瓊樓早風薰玉宇

長一枝搔於兩　蓬島快騶翺

明慎用刑　易經　燭幽詳三審

執法光明慎庠士勗在廷欽哉承古訓久矣協祥刑衡鑒嚴持法

帝曰明時衡紃重五紐月言昭晝也肆赦濫拘圖於撿

冰淮凜遁形宵三聲乙乙悔予意下與淋河轍天討期無僭帝

庵德原光日月威不假雷霆獄讞祈秋毫白章詞研案牘披夜燭青鑒

奉隆四辟　聖治頌明經芳型　桂月初十日

鵲橋　爾雅翼相傳七月七日牽牛與織女會於漢東烏鵲為梁以

渡故毛皆脫去又淮南子七夕烏鵲填河成橋渡織女

歲歲銀河畔仙娥話此宵只應烏架鵲無庸板構橋一渡憑烏集
擾擾漢
雙飛踏水遙鴻逵排乙乙雁齒引迢迢巧許天孫乞功從羽族修欣有
原穀栗比名正取魂銷結構來青冥灘礎亘碧霄為青漢
蒼昊
踏環佩迸瓊瑤

元
敦俗勸農桑　二唐太宗詩

萬古崇醇俗農桑務本原最勤哉人用勸允矣俗由敦婦子田蠶課
羲皇歲月論一犁紅杏陌幾樹綠楊邨偷泰風華朴庸笙笑
語溫催耕呼野叟促織話鄰根無逸勤綠歲歌盈慶比門閭

杜欣樂利衣分普　皇恩

天香雲外飄　宋之問詩　一作駱賓王詩

別自饒香界雲纖桂不開晴浮來輪月滿吹送半天高奇品分丹

靈清氣度碧霄果誰開本庫此品味瓊瑤叢彩三薰古羅紋

幾疊招賈裳添馥ゝ霞綺慈ゝ潜郁同舒卷芬芳任動

搖招提似此訪誰道廣寒邊

天清一雁秋

陣何時羅長空隻雁樓鄉闊飛渡紫天宇望來清紫寒影

羣侶青雲計遠程翰音消寡和秋信屬先聲無際驚逐爽凌虛
快晚晴落霞分行點明月伴三更字定難排乙郵仍漫度康衢宵
夜翔步直上到蓬瀛

六橋堤柳　咸淳臨安志元祐中東坡既奏開後湖水因以所積葑
草築為長堤起南訖北橫跨湖面綿亘數里夾道植柳中為六橋軾
詩所謂六橋橫截天漢上大堤楊柳多昌丰是也
垂柳依依際橫堤日未曛蘇公留勝蹟於越仰高芬霜手三春種中忘一
水分濃陰斷玉勒芳藹惹湘裙黛色已添西子春還送使君兩行壓

山斥十里架浮雲鷲嶺直通爽虹橋鎖暮氣　宸遊欣榮霧香傍

御爐薰

今月曾經照古人　李白詩今人不見古時月

月崖今今古古甚哉異想增峯頭今月在居指古人曾往蹟渾難後清

輝自有恆更誰千里升依據一輪移盈闕驚闕歸推敲又寺僧將㤗

詩与酒箋也容易陵甚者川流水能写鏡砸冰謫仙在白在今昨日

同升

山色湖光共一樓　㤗成　浩蕩欽賜

一片湖山畫不如湖歌層樓快覩麿山横秋色齊湖湧水光渚繡窗前

捲帆檣艣於指顧青環壁觜角綠映簷坳画棟珠簷柱松風水

月夜數峰圍野水入鏡縈涵色爽氣來襟袖迴波映荻芙　諸園

清景好々　宸賞愜芳郊

山水有清音　　曹子建詩　非必絲与竹

別有清幽概時聆世外音奇逸山水趣妙豈竹絲尋此境閒天籟宜

人愜素襟長松吹颯々幽澗落泱々高下驚諧耳宮商偶會心

更無繁響聒惟引靜思深按拍非關節無絃韻此琴蕭齋雖

不敢蒙鑿趣堪、聊步翠微岑

禪房花木深　常建詩

誰闢禪居古澗隶周遭一望深緩步尋花園幽徑穿林繞曲房深陰蔥鬱閣連

鐘梵芬菲入石林但覺香國豔何處見老僧尋僧靜愛羅芳競燕

唱養蔭森拈時參妙諦修想靈滌塵心煩四萬鄰青紅嬌襪滿手章緑

彩洪紫招提縹緲此紺籍古訪長小憩唱步試高披岑襟

師竞在和　原詩

竞敵端何在師行協大同祥原和氣致勝出壯戰中專潤箴威重

同袍意氣允相參籌虛幄勿貳士罷熊羆志諧君子　皇威浮
皇大公腹心資翊翼爾爪牙那亭能共勵鷹揚上讓去馬首東鄰
旋無在迩　恩詔降攸隆
人淡如菊　司空圖詩品　正大光明殿賦試作　己酉
淡淡園中菊叢生秀可人果然如素意含與此花鄰幾度圍籬
間更番策杖巡風霜同歷練柯葉各精神色古香俱古秋秋新
品盡新一橋欣對此三徑樂前因格調詩家括風光粟里淳
御園件　上賞揮毫賦詩　楓宸

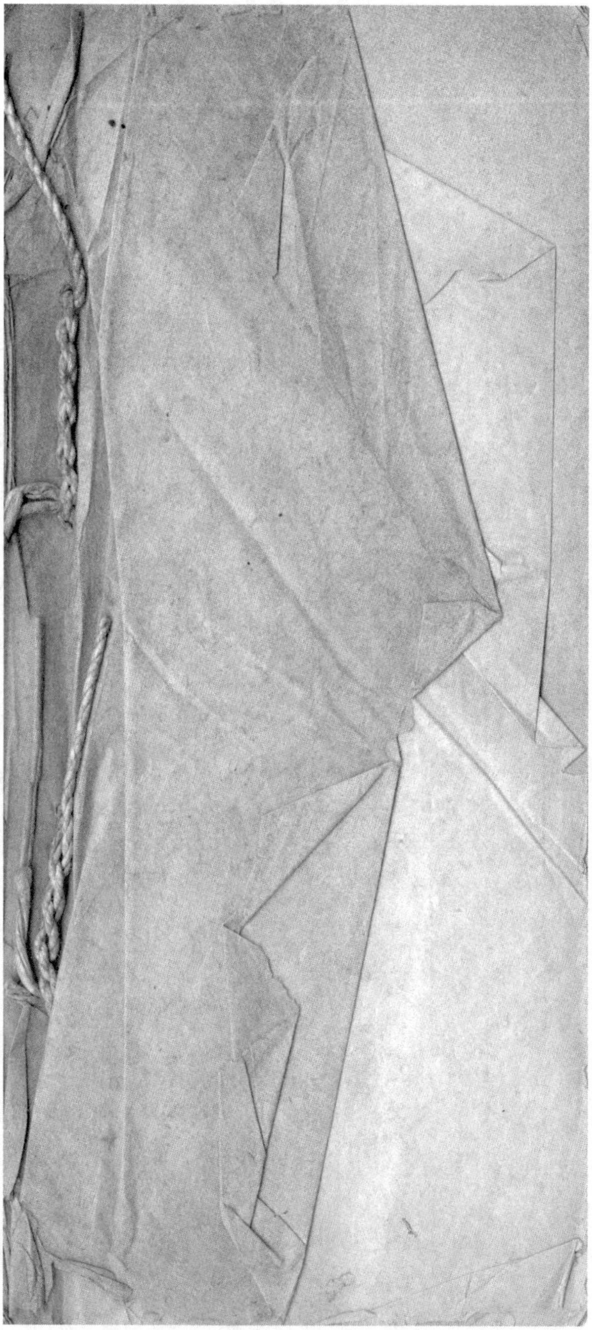

圖書在版編目(CIP)數據

國家圖書館藏清人詩文集稿本叢書. 第四輯/陳紅彦主編.—北京：北京大學出版社，2019.10

ISBN 978-7-301-30812-7

Ⅰ. ①國… Ⅱ. ①陳… Ⅲ. ①中國文學—古典文學—作品綜合集—清代 Ⅳ. ①I214.91

中國版本圖書館CIP數據核字（2019）第208727號

書　　名	國家圖書館藏清人詩文集稿本叢書（第四輯）（全三册） GUOJIA TUSHUGUAN CANG QINGREN SHIWENJI GAOBEN CONGSHU（DISIJI）（QUANSANCE）
著作責任者	陳紅彦　主編
策劃編輯	馬辛民
責任編輯	吴遠琴
標準書號	ISBN 978-7-301-30812-7
出版發行	北京大學出版社
地　　址	北京市海淀區成府路205號　100871
網　　址	http://www.pup.cn　　新浪微博：@北京大學出版社
電子信箱	dianjiwenhua@163.com
電　　話	郵購部010-62752015　發行部010-62750672　編輯部010-62756694
印 刷 者	北京中科印刷有限公司
經 銷 者	新華書店
	720毫米×1020毫米　16開本　119.25印張　382千字
	2019年10月第1版　2019年10月第1次印刷
定　　價	990.00圓（全三册）